INHALT

Ich widme mein erstes Buch meiner Lehrerin Beday Aydın Özaral und meinem Lehrer Nurettin Karaoğlanoğlu, von denen ich vieles gelernt habe.

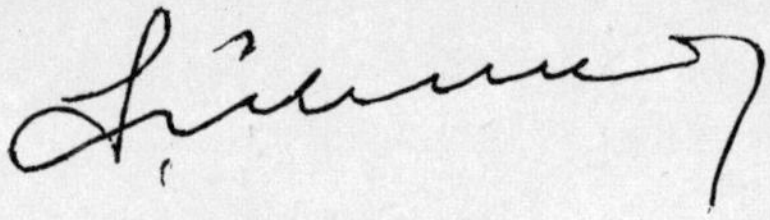

Deutschlandmärchen

Deutschland, ah Deutschland, ich sage Dir lieber Bruder, nichts in der Welt als Deutschland, ein wahres Paradies, wenn es überhaupt eines gibt. Bist Du mal auf einer Autobahn gefahren, schnurgerade, saubere, wunderschöne Autobahn; auf der anderen Seite kommen sechs Autos nebeneinander, so breit, auf anderer Seite fahren wieder sechs Autors nebeneinander, so doll. Die Autos sind auf der Autobahn keine Autos mehr, sie sind Flugzeuge, nein nein, Raketen, sie fahren so schnell, nicht mal eine Kugel kann sie erreichen. Wozu erzähle ich Dir das denn? Wenn Du noch nicht auf einer deutschen Autobahn gefahren bist, kannst Du es nicht wissen. Kapieren kannst Du auch nicht. Die anderen Straßen sind so sauber, daß Du Deine eigene Spucke ablecken kannst. Im Sommer glänzen sie wie Gold. Die sind alle gut beleuchtet. Verlierst Du einen Pfennig auf der Straße, so siehst Du ihn schon aus zehn Meter Entfernung. Rechts, links grüne Bäume.

Die Autos, die Autos; ich kann Dir nicht sagen, wieviele. Tausende, Abertausende, Millionen. Grüne, gelbe, rote, blaue, gestreifte Autos, alle Arten, alle Baujahre. Die Deutschen pflegen ihre Autos so gut, als wären sie ihre eigenen Kinder. Du kannst in Deutschland einem Kind eine Schelle geben, es passiert nichts. Aber wenn Du ein Auto irgendwie kaputt machst, wird der gute Deutsche böse. Jeder hat ein Auto. Wenn Du mal achtzehn bist, kriegst Du sofort ein Auto, wie bei uns jeder einen Esel hat, oder haben muß. Ein Auto zu kriegen ist so leicht, das gibt's nicht.
In Deutschland gibt es Fabriken, die selbst Fabriken

machen. Eingezäunte, große, von uniformierten Pförtnern bewachte Fabriken. Um von einem Büro zum anderen zu gelangen, brauchst Du unbedingt ein Auto, sonst bist Du den ganzen Tag unterwegs. Wenn Du mal im Schichtwechsel Deinen Bruder verlierst, kannst Du ihn nicht mehr sehen. So viele arbeiten in Fabriken. Weißt Du lieber Bruder, entschuldige, das kannst Du nicht wissen, weil Du Dir so was nicht vorstellen kannst. Das überschreitet die Grenzen Deiner Vorstellung.

Das muß ich Dir auch erzählen: Die Deutschen sind anständige, ehrliche Leute. Wenn Du mal Deinen Geldbeutel verlierst, egal wo, ob in der Fabrik, im Klo, auf der Straße, im Geschäft, sogar im Puff, bete zu Gott, daß Dein Geldbeutel von einem Deutschen gefunden wird. Du bekommst ihn sofort wieder bei der Polizei. Wie das geschieht, willst Du wissen, nicht wahr? Ich werde es Dir erklären: entweder kommt die Polizei mit Deinem Geldbeutel zu Dir, oder sie rufen Dich an, bitten Dich, seien Sie so nett, würden Sie mal bei uns vorbeikommen, ihr Geldbeutel wurde bei uns abgeliefert und das belastet uns sehr, holen Sie ihn bitte ab. Du glaubst mir vielleicht nicht, das ist Deine Sache. Ich muß Dir sagen, was ich gesehen, gehört und selbst erlebt habe. Jawohl, so höflich bitten die Polizisten Dich. Willst Du mich was fragen? Du brauchst es nicht, ich weiß schon. Was die deutschen Polizisten überhaupt tun? Ehrlich gesagt, ich weiß es selbst nicht. Ich vermute aber, daß sie nur da sind, um den anderen Menschen zu helfen. Sie haben Pistolen, grüne Uniformen, lächelnde Gesichter. Ob sie noch Arbeit haben? ... Trotzdem gibt es Polizisten.

Die Deutschen sind ehrlich, anständig, freundlich, höflich, hilfsbereit, immer lächelnd. Angenommen, Du hast einen Greis auf der Straße nach irgendeiner Adresse gefragt. Kennt er sich nicht gut aus, so geht er in eine Telefonkabine, es muß irgendwo irgendeine Stelle oder ein Amt geben, er fragt dieses Amt, wo die Adresse ist. Wenn er von Dir erfährt, daß Du Türke bist, oh lieber Gott, dann weiß er nicht mehr, was er noch für Dich tun soll. Zum Essen einladen, zum Biertrinken, oder nach Hause mitnehmen, oder, oder . . . Ich kann Dir nicht alles einzeln erzählen. Es gefällt mir nur das Eine nicht bei den Deutschen, daß sie nicht eifersüchtig sind. Du weißt ja, was unser Hodscha gesagt hat: wer Schweinefleisch ißt, ist nicht mehr so eifersüchtig auf sein Weib. Deshalb darfst Du vor den Augen des deutschen Mannes mit seiner Frau tanzen. Tanzen ist – Du hast das bestimmt mal im Kino gesehen – Du umarmst die Frau fest und machst Bewegungen, es ist egal wie. Du darfst nur nicht stehenbleiben, immer hin und her bewegen. Bei jeder Bewegung machst Du Dich an die Frau noch heran und . . .

Die deutschen Frauen: Goldblonde Haare, die Dich warm machen, schöne explodierende blaue Augen; Sieh sie Dir nur einmal an, dann entsteht in Deinem Inneren ein warmes, berauschendes, Dich verrücktmachendes Gefühl. Sie, die Frauen meine ich, sind so schön, so fein. Mit denen kannst Du nicht schlafen, weil Du das nicht schaffst Du Idiot, hast Du das noch nicht kapiert, die machen Dich auf der Stelle kaputt. Sie sind wie junge Ponys. Im Sommer sind sie nackt, jawohl nackt. Natürlich kannst Du nicht alles sehen, lieber Gott, woran denkst Du gleich. Man muß nicht alles sehen. Ich muß Dir was Intimes sagen; Die haben alle Haare da unten, Du weißt schon, was ich meine.

Die deutschen Kinder, die sind süß . . . wie ihre Mütter. Hast Du mal einen blonden Kopf gesehen, mit blauen Augen geschmückt, noch dazu ein immer lachendes Gesicht, ja das sind die deutschen Kinder. Unsere Kinder sehen wie Erwachsene aus, so verbraucht, so traurig. Das habe ich nicht kapiert, warum unsere so, die deutschen Kinder so aussehen . . . Die deutschen Kinder sind gehorsam.

Hat die Mutter gesagt, setz Dich hin, so setzt sich das Kind sofort hin. Und wartet darauf, daß die Mutter sagt: aufstehen.

Gehe mal in ein deutsches Gasthaus, wunderbarer Service, sauberes Essen, billig. Ein Hähnchen, schön gebraten, zwei,drei DM. Ich gebe Dir einen Rat, wenn Du in ein deutsches Gasthaus gehst, so mußt Du sagen, daß Du kein Schweinefleisch essen darfst. Sonst bringen sie Dir sofort ein Stück. Das ist die andere schlechte Seite der Deutschen, sie essen viel Schweinefleisch. Aber was soll's. Wenn sie sündigen wollen, dann sollen sie. In deutschen Gasthäusern arbeiten meistens Frauen. Wenn Du mit einer dieser Frauen was anfangen willst, dann lieber Freund, mußt Du warten, bis die Frau Dienstschluß gemacht hat, weil in Deutschland im Dienst nur gearbeitet wird. Diese Frauen werden immer als Fräulein angesprochen. Fräulein sind die, die nicht verheiratet sind. Das sagen sie so, aber wenn Du mich fragst, ohoho . . .

Die Bahnhöfe in Deutschland sind eine wahre Attraktivität, nicht wie bei uns. Bei uns sind sie wie Friedhöfe; mal steigt ein müdes Gesicht ein, mal steigt ein abgeschlaffter Körper aus. Die deutschen Bahnhöfe sind lebendige Bahnhöfe, rund um die Uhr, Hunderte, Tausende von Zügen fahren ab, kommen an, fröhliche, sorglose Menschen steigen ein und aus. In den Bahnhöfen findest Du alles, von der Zeitung bis zur Hure, da ist es Dir nie langweilig. Wir Türken gehen meistens nach der Arbeit zum Bahnhof. Wir treffen uns da, sehen uns das Treiben an, unterhalten uns. Die Zeit geht schneller vorbei, noch dazu ist alles umsonst. Wenn man das zum erstenmal sieht, wird man schwindelig. Du brauchst nichts zu sagen, Du wirst nicht schwindelig. Genauso schwindelig wirst Du, wenn Du in ein Kaufhaus gehst. Acht,zehn Stockwerke mit elektrischen Treppen. Du hast nicht kapiert, nicht wahr, was das für Treppen sind? Die gehen so, hör genau zu; Du stellst Dich hin auf die Treppe, aber vorsichtig, sonst brichst Du Dir die Knochen, dann brauchst Du keine Schritte mehr zu machen. Das heißt, die Treppe macht Schritte für Dich.

Voll Waren sind diese Kaufhäuser, alles, was Du brauchen kannst, alles, was Du nicht denken kannst, alles, Möbel, elektrische Geräte, Fotoapparate, Schmuck, Textilwaren, Obst, Lebensmittel. Die Abteilungen, weißt Du, die Abteilungen sind so schön hergerichtet. Was eine Frau braucht, kann sie in der Frauenabteilung finden. Ein Mann geht in die Männerabteilung. Kinderabteilungen sind nur für Kinder. In einer Minute kaufen Tausende von Menschen gleichzeitig. Weißt Du was? Die Deutschen sind nicht normal. Sie kaufen alles, wie Verrückte. Ob sie alles benötigen? Aber kaufen tun sie es. Wir Türken warten auf den Tag, an dem alles doppelt billig verkauft wird. An solchen Tagen kaufen nur wir, weil die Deutschen das ganze Jahr gekauft haben und jetzt nichts mehr kaufen können.

Die deutschen Wälder; Du, die Bäume reichen bis zu den Sternen. Schöne Straßen gehen durch die Wälder. Du wirst mir nicht glauben, Frauen und sogar Kinder gehen darin spazieren, Tag und Nacht, ganz allein gehen sie spazieren. Die deutschen Frauen sind keine Angsthasen wie unsere, es passiert ihnen nichts in den Wäldern, aber trotzdem sind die deutschen Frauen keine Angsthasen. Die deutschen Wälder sind immer grün, Sommer und Winter, Frühling und Herbst, als wären sie grün gestrichen. In den Wäldern leben Hasen, Füchse, Rehe, Hirsche, ganz frei. Niemand tut den Tieren was. Sie laufen in den Wäldern und die Menschen laufen in den Wäldern.

In Ulm gibt es eine Kirche, zehnmal so groß wie unsere Moschee. Und paß mal gut auf jetzt: Die Kirchen haben auch Minarette. Du staunst? Macht nichts. Ich habe auch gestaunt, als ich das zum erstenmal gesehen habe. Ja, die Kirchen haben auch Minarette. Ich habe noch keinen Müezzin gesehen, ich weiß noch nicht, was sie damit machen.

Ich muß Dir auch noch was über das deutsche Fernsehen erzählen. Sie fangen mit ihrem Programm schon mittags um 12 Uhr an, und es dauert bis 24 Uhr, manchmal bis 2 Uhr. Mindestens sechs verschiedene Fernsehprogramme gibt es, alle in Farbe, in prächtiger Farbe. Musik, Film, Cowboyfilme, Kriminalfilme, Liebesfilme. Ich habe mir bei einem deutschen Kollegen, der mich schätzt, den ich mag, – übrigens hat er eine wunderschöne Frau, sie wollte was von mir, aber die ist schließlich die Frau von einem Freund, Du weißt ja, so was steht nicht in unserem Buch, – einen Liebesfilm angeguckt. Das war wahnsinnig. Der Film hat mich verrückt gemacht, so viele Nacktszenen. Der Busen der Frau, die . . . der Frau, und der . . . des Mannes alles war zu sehen. Ich habe mich so geschämt. Stell Dir mal vor, Du siehst das alles, wenn eine Frau dabei ist? Ich bin rot geworden. Der Frau meines Freundes hat es nicht so viel ausgemacht, glaube ich. Sie hat es zusammen mit uns angesehen. In Deutschland ist alles normal. Niemand sagt was, wenn Du das so tust, und nicht so. Jeder lebt für sich. Die Omas und Opas werden von ihren eigenen Kindern in Häuser gesteckt, die Altersheime heißen, damit sie die Kinder nicht stören. Das ist natürlich nicht gut, aber sie sind auch Menschen, die Deutschen, sie haben auch ihre Fehler.

Geldverdienen ist in Deutschland kinderleicht. Obwohl ich ein bißchen verschwenderisch bin, spare ich so viel, daß ich mir zwei Wohnungen in Samsun kaufen kann. Du arbeitest wenig, und verdienst trotzdem viel. Für jeden gibt es Arbeit. Ob Du blind oder taub bist, Du kriegst Arbeit. Ich kenne jemanden, der im Rollstuhl sitzt und dennoch arbeitet. Wenn Du in Deutschland fleißig bist, dann ist alles in

Ordnung. Die Meister, die Chefs und die Kapos sind so freundlich, so hilfsbereit. Ich hab einen Meister, Herr Schmidt heißt er, der ist ein wunderbarer Mensch. Wenn ein Ungläubiger in den Himmel dürfte, wäre er es bestimmt. Er trinkt zwar ein bißchen viel Bier, ich habe ihn aber noch nicht besoffen gesehen. Er hat ein rotes Gesicht, dick ist er auch. Arbeiten tut er wie verrückt, wenn es darauf ankommt. Er mag mich gern. Er macht Spaß mit mir, ich lache mit ihm. Er sagt immer zu mir: „Du Kümmeltürke". Ich mag ihn wie meinen eigenen Bruder, Ismail. Einmal hatte ich weniger Geld bekommen als sonst. Als er das erfahren hat, ist er gleich ins Lohnbüro gegangen, hat mit den Leuten drin geschimpft, geschwätzt, gewartet, bis alles in Ordnung ist. So rührend hat er sich um mich gekümmert. Wenn ich auf Urlaub hierher komme, wünscht er, daß ich ihm Teppiche, goldene Ringe oder Lederwaren bringe. Er bezahlt auch, aber ich will das nicht. Nein, nein, er ist ein hervorragender Mensch. Wenn jeder Türke in Deutschland so einen Meister hätte wie ich, wollte keiner in die Türkei zurück.

Nach Problemen in Deutschland fragst Du? Es gibt keine Probleme, sie haben alle gelöst. Politikerprobleme haben sie auch keine. Die deutschen Politiker sehen nicht wie Politiker aus. Die sind ganz normale Deutsche. Ich habe das mal im Fernsehen gesehen, sie setzen sich zusammen, die Politiker von allen Parteien, sprechen ganz leise, verabschieden sich freundlich voneinander.

Ich sage Dir was: Wenn Du später mal sagen willst, ich habe in dieser Welt gern gelebt, habe sie gern erlebt, ich habe mein Leben genossen, jetzt kann ich meine Augen zuschließen, dann lieber Freund, jawohl dann mußt Du in Deutschland gewesen sein.

Hurra, ich lebe in Deutschland, neben den Deutschen oder Die Ergänzung des Märchens

Du willst unbedingt wissen, wie ich in Deutschland arbeite und lebe. Ich hatte mir eigentlich vorgenommen, über meine Arbeit und mein Leben in Deutschland nichts zu erzählen, weil manche in unserem Dorf meinen, daß ich angebe. Aber, Du bist mein bester Freund, und ich weiß ganz genau, wenn ich Dir etwas erzähle, findest Du das nicht großsprecherisch.

Ich werde Dir über einen Werktag erzählen, da alle Werktage in Deutschland ähnlich sind, dann übers Wochenende, also über den Samstag und den Sonntag. Bist Du bereit? Also, dann fange ich an.

Das Leben in Deutschland fängt am Montag an und hört Freitagabend auf. Samstag ist ein Tag, an dem in Deutschland nur Autos gewaschen werden. Ich überlasse es Dir, ob Du den Samstag als einen Tag vom Leben betrachtest. Aber am Sonntag wird in Deutschland nicht gelebt. Was sie dann machen? Woher soll ich das denn wissen? Ich bin ja ein Türke. Ich habe mal in den türkischen Zeitungen gelesen, daß die Deutschen länger leben als die Türken. Das ist ja keine Kunst, wenn sie – ich meine die Deutschen – jede Woche einen Tag Pause machen vom Leben. Jetzt schön der Reihe nach. Ich werde auf den Sonntag noch zurückkommen.

Montag stehe ich früh auf, zuerst gehe ich auf's Klo, mache meine kleinen und großen Geschäfte, weil ich im Laufe des

Tages in der Fabrik dafür keine Zeit haben werde. Weißt Du, in Deutschland gibt es überall Sitzklos. Du hast bestimmt nicht kapiert, was ein solches Sitzklo ist. Wenn Du irgendwas nicht verstanden hast, glotze mich nicht an, sondern frage mich auf der Stelle. Gib zu, Du hast es nicht kapiert, was so ein Sitzklo ist? Also, dieses Sitzklo ist von der Höhe her wie ein halber Stuhl, hat einen Deckel, damit die Deutschen nicht sehen, was drin ist, weil sie ein sehr sensibles Volk sind, unter diesem Deckel noch einen halben Deckel, worauf man sich gemütlich setzen kann. Am Anfang habe ich mich, wie die Hühner sich auf die Stange setzen, hingesetzt und, unter uns gesagt, mich überall beschmutzt. Warum? Was heißt warum? Ich habe nicht richtig zielen können, darum. Wenn man sich aber daran gewöhnt hat, dann ist es ganz leicht, Hose runter, sich darauf setzen. Kannst Du das nicht machen? . . . Doch, doch, auch Du kannst es. Du brauchst weder darauf zu klettern, wie ich es am Anfang gemacht habe, noch Dich niederzukauern. Wenn Du willst, kannst du darauf, während des Geschäfts, die Zeitung lesen oder ein Buch. Kommt es Dir tierisch vor? Ach, mein Lieber, sonst kommst Du nie zum Lesen. Was mir auf diesem gemütlichen Klo fehlt, ist dieses Geräusch, woran ich hier im Dorf, gewöhnt bin: pat, pat, pat. Aber, wenn ich im Ausland bin, und nach anderen Sitten leben muß, dann muß ich ja auf ein paar angenehme Dinge verzichten können. Oder was meinst Du?

Im deutschen Klo gibt es meterlanges Papier. Die Deutschen nennen es Klopapier, um uns, den Türken, den Eindruck zu geben, daß man sich im Klo einschmiert. Ich habe viele Deutsche gefragt, wozu dieses Papier da ist. Alle haben mir gesagt, das Klopapier ist dafür da, daß man damit den Po putzt. Ich glaube es einfach nicht, weil die Deutschen uns Türken manchmal verarschen. Kannst Du den Deutschen glauben?

Du weißt, daß die Deutschen alle dreißig oder vierzig Jahre Krieg gemacht und jedesmal verloren haben. Was? Sage bloß, Du weißt es nicht. Mein Gott, es wird immer schwieriger, Dir etwas zu erzählen. Wenn Du nicht mein bester Freund wärest . . . Die Deutschen haben immer Krieg gemacht und verloren, jetzt weißt Du es. Nach den Kriegen hatten sie weder zu essen noch zu trinken. Ein paar Jahre nach den Kriegen haben sie wieder alles gekriegt. Man munkelt, daß die Amerikaner den Deutschen geholfen hätten oder, daß die Deutschen mit dem Gold, welches sie während der Kriege erbeutet haben sollen, alles wieder zurückgekauft hätten. Diese beiden Erklärungen entsprechen nicht der Wahrheit. Wahr ist, daß die Deutschen nach allen Kriegen mit ihrer eigenen Kraft wieder auf die Beine gekommen sind. Mit welcher eigenen Kraft willst Du wissen? Das finde ich gut von Dir, daß Du gleich auf der Stelle fragst. Warte, ich erkläre es Dir.

Meiner Meinung nach hat dieses Klopapier dabei eine große Rolle gespielt, mit dem man angeblich nur den Po putzen kann. Es mag sein, daß sie sich mit dem Papier auch sauber machen, da sie innerhalb des Klos kein Wasser haben. Das ist nicht der eigentliche Grund, warum jedes Klo meterlanges Papier haben muß. Irgendwann, zwischen den Kriegen müssen die deutschen Wissenschaftler festgestellt haben, daß die normalen Deutschen nur im Klo auf die besten Ideen kommen, weil sie ja sonst keine Zeit haben zum Denken. Dann muß es kinderleicht gewesen sein, an die Deutschen zu appellieren, daß sie die Ideen, die Ihnen im Klo eingefallen sind, niederschreiben, damit diese Ideen von den Wissenschaftlern ausgewertet werden können. Darum ist Klopapier, wie die Deutschen es nennen, auf der rechten Seite, nicht auf der linken Seite. Wenn es auf der linken Seite wäre, so müßte man sich beim Geschäft halb umdrehen, um zu schreiben, dann kann man aber nicht mehr richtig zielen. Ah diese Deutschen, sie sind so schlau!

Kommen wir wieder zur Sache. Nach dem Klo mache ich zwei Schritte, und ich bin schon im Bad, wenn ich duschen will. Duschen? Duschen ist halb Baden. Du stellst Dich unter einen am Ende durchlöcherten Schlauch und läßt das Wasser laufen. Das tut gut. Wo dieser Schlauch ist? Natürlich im Bad. Duschen tue ich nur dann, wenn ich rituell unrein bin oder keine Zeit habe zum Baden. Die Deutschen duschen mehr, als sie baden, habe ich gehört von einem deutschen Freund. Er hat mir gesagt: „Das ist Zeitverschwendung, sich in die Badewanne hineinzulegen. Anstatt in der Badewanne zu liegen, kann man fernsehen, arbeiten oder Auto waschen. Wenn man in der Badwanne liegenbleibt, dann bleibt man im eigenen Dreck liegen."

Nach dem Frühstück nehme ich mir mein Mittagessen mit. Aus Erfahrung. Diese Erfahrung habe ich vor drei Jahren gemacht. In der Fabrik arbeite ich mit vielen netten, freundlichen Deutschen zusammen. Die mögen mich gern. Die Deutschen nennen mich „Kumpel Knoblauchfresser", ich nenne sie leise „Kumpel Schweinefresser". Einmal haben sie mich in die Kantine zum Essen eingeladen und mir Fleisch bestellt. Nachdem ich alles aufgegessen hatte, haben sie mir gesagt: „Ätsch, das war Schweinefleisch!" Ich habe mich zum ersten und letzten Mal meinen netten, freundlichen Deutschen gegenüber aufgeregt und ihnen laut, jawohl laut, gesagt: „Hört mal zu, ihr Schweinefresser, beim Schwein hört der Spaß auf." Dann bin ich auf's Klo gegangen. Alles, sogar unschuldige Kartoffeln, habe ich gekotzt und dreimal den Mund gespült. Seitdem machen sie mit mir keinen Spaß mehr mit dem Wort „Schwein", aber sicherheitshalber nehme ich mein Mittagessen mit.

Ich gehe zu Fuß zur Bushaltestelle, die zwanzig Meter von

meiner Wohnung entfernt liegt, steige sofort in den Bus ein, weil jede zweite Minute ein Bus kommt. Wenn Du in einen deutschen Bus einsteigen willst, so kannst Du nicht darauf warten, daß der Fahrer Dir die Türe aufmacht. In Deutschland muß man schlau sein – wie die Deutschen. Du, zum Beispiel, bekämst viel Schwierigkeiten. Sei jetzt nicht gleich beleidigt, aber Du bist zu langsam für Deutschland. Wartest Du darauf, wie in der Türkei, daß der Fahrer Dir die Türe aufmacht, bleibst Du ewig an der Bushaltestelle stehen. Ich kann Dir sagen, was Du machen sollst: Hat der Bus an der Haltestelle angehalten, so leuchtet an den Türen ein Licht auf. Das heißt „Drücke". Du sollst sofort auf einen roten Knopf drücken, dann geht die Tür auf. Die deutschen Busse sind wie Eisenbahnen so lang. Wenn Du hinten sitzt, so kannst Du die Vorderen nicht erkennen. Ich wollte mal wissen, wie viele Menschen mit einem Bus fahren. Ich konnte sie nicht zählen, weil zu viele ein- und aussteigen und ich ganz hinten war.

Bist Du in einen deutschen Bus eingestiegen, so hast Du das Schwierigste hinter Dir. Ums Aussteigen brauchst Du Dir keine Sorgen zu machen. Du kannst die Stelle, wo Du aussteigen mußt, nicht verpassen, da eine Stimme im Bus jede Bushaltestelle automatisch meldet. Es ist nicht die Stimme des Fahrers, wie Du annimmst, und auch ich weiß nicht, wie diese automatische Stimme erfährt, ob der Bus schon an der Haltestelle angekommen ist. Warum jede Haltestelle gemeldet wird, willst Du wissen? Daran merkt man gleich, daß Du noch nie in Deutschland gewesen bist. Aber das macht nichts, das ist kein Grund, daß Du gleich traurig wirst. Ich erkläre es Dir, warum die Haltestellen gemeldet werden. Aus zwei einfachen Gründen. Erstens: Die Deutschen, wenn sie zum Arbeiten gehen, freuen sich so gewaltig, daß sie vergessen, wo sie eigentlich aussteigen müssen. Wenn sie von der Arbeit nach Hause zurückfahren, werden sie so traurig, daß sie wieder vergessen, wo sie aussteigen müssen. Zweitens: In Deutschland gibt es so viele Fabriken und Geschäfte, die alle ähnlich aussehen, daß die Deutschen nicht mehr wissen, wo ihre Fabriken oder Geschäfte stehen. In den Bussen arbeitet kein extra Schaffner. Das kommt davon, daß die Deutschen so anständig sind, daß sie nie ohne Fahrschein fahren. Wollen sie mit dem Bus fahren, so holen sie ihre Fahrscheine entweder aus der automatischen Maschine, die an jeder Haltestelle steht, oder bei dem Fahrer.

Montag früh im Bus ist es sehr laut. Die Gesichter, die sonntags ausgestorben sind, sind nun fröhlich und freundlich. Jeder grüßt den anderen höflich. Einer singt, der andere erzählt Witze. Einer sagt zum anderen: „Mensch, endlich wieder Montag, Sonntag war wieder scheiß langweilig". „Zum Glück haben wir den Montag." Montag ist Wiedergeburtstag des deutschen Volkes. Die Straßen sind wieder voll von Menschen und Autos. Die Geschäfte sind auf, die Lichter sind heller. Montag beginnen die Deutschen wieder zu leben.

Wie es in den Fabriken ist, fragst Du? In der Fabrik ist es das gleiche, oder, Entschuldigung, noch schöner. Vor der Eingangstür der Fabrik steht der Pförtner, strahlend. Die Meister, die ihre frisch gewaschenen Dienstkleider angezogen haben, begrüßen ihre Leute herzlich: „Ich freue mich sehr, daß Du den fürchterlichen Sonntag schon hinter Dir hast". Hinter den Meistern stehen die Kapos, die genauso ihre frisch gewaschenen Dienstkleider angezogen haben, begrüßen ihre Leute noch freundlicher: „Komm Kumpel, komm Kamerad, fangen wir wieder an zu leben". Ob der Arbeiter Italiener oder Türke oder Jugoslawe ist, er wird vor der Tür immer höflich begrüßt. Wenn sie in der Fabrik sind, dann singen sie alle gemeinsam ein Lied: „Arbeit macht Spaß, leben besteht aus Arbeit". Bevor sie mit der Arbeit anfangen, umarmen sie sich, wünschen sich alles

Gute. Nach so vielen Jahren in Deutschland bin ich zu der Meinung gekommen, daß die Deutschen ohne Brot, ohne Fleisch, ohne Wasser, sogar ohne Luft leben können. Aber ohne Arbeit und ohne Autos können sie nicht mal einen Tag leben.

Ich habe eine ganz, ganz leichte Arbeit. Ich mache meine Arbeit im Sitzen. Mit der linken Hand nehme ich ein Stahlstück, lege es unter die Maschine, drücke auf einen Knopf an der Maschine, nehme das schon gelöcherte Stahlstück mit der rechten Hand, lege es in einen großen Eisenkorb, dann das nächste. Das ist so leicht, daß es sogar von einem klugen Kind erledigt werden kann. Ich überlege mir, ob es nicht besser wäre, ob mein Sohn nicht jetzt schon arbeiten sollte, anstatt in die deutsche Schule zu gehen. Schließlich ist er schon vierzehn Jahre alt, und in der deutschen Schule lernt er nur Unsinn.

Unsere Meister sind je nach Wochentag sehr nett, nett, weniger nett, aber immer nett. Sie sind verpflichtet, uns immer in guter Laune zu halten. Mein eigener Meister ist sehr freundlich zu mir. Er hat mir mal gesagt: „Die Türken mag ich am liebsten. Ihr seid kräftig, gesund, tüchtig, genügsam und gehorsam, und ihr macht wenig krank, ihr hängt die Arbeit nicht gleich an den Nagel wie die Italiener. Wenn die Gastarbeiter rausgeschmissen werden, seid ihr die letzten, meiner Meinung nach, die rausgeschmissen werden". Warum hat er das gesagt? Na, hast du nicht kapiert, warum er das gesagt hat? Ich habe manchmal den Eindruck, daß Du von dem, was ich Dir erzähle, nichts verstanden hast. Verstehst Du mich? Kannst Du mir folgen? Ja? . . . Dann erzähle ich weiter. Die deutschen Meister sind kluge Meister. Sie haben gleich gewußt, wie fleißig wir, die Türken, sind. Wir machen alles, worum die deutschen Meister uns bitten. Er hat noch dazu gesagt: „Wenn ihr Türken keine Schnauzbärte hättet, würde ich euch noch mehr mögen". Daraufhin habe ich meinen Schnauzbart gleich abrasieren lassen. Warum auch nicht? Wenn ein Mensch irgendwo Gast ist, muß er sich so benehmen, wie der Hausherr es sich wünscht? Oder, was meinst Du?

Nach der Arbeit gehen die deutschen Arbeiter ganz langsam, mit traurigen Gesichtern zum Bus. Abends ist es im Bus sehr still, als ob jemand gestorben wäre. Niemand hat Lust, über irgendein Thema zu sprechen. Ich würde Dir raten, falls Du in Deutschland überhaupt arbeiten könntest, rede nach der Arbeit keinen Deutschen an, sonst bekommst Du eine unpassende Antwort, vielleicht sogar eine grobe, unfreundliche. Am schlimmsten ist Freitagabend. Am Freitagabend sind sie wie wilde Tiere, die jederzeit zum Angriff bereit sind.

Auf den Straßen, in der Stadt, in den Geschäften siehst du diese traurigen Gesichter.

Über die anderen Tage brauche ich Dir nichts zu erzählen, da diese Tage wie der Montag ablaufen.

Deutschland mußt Du mal am Samstag erleben. Wie ich Dir vorher gesagt habe, wird am Samstag in Deutschland das Auto gewaschen. Hast Du in Deutschland ein Auto, dann mußt Du Dein Auto am Samstag waschen. Es kommt nicht darauf an, wie schmutzig Dein Auto ist oder ob Dein Auto überhaupt schmutzig ist, sondern Dein Auto muß sauberer aussehen als das von Deinem Nachbarn.

Autowaschen in Deutschland ist nicht Willenssache, sondern heilige Pflicht. Ich frage Dich, darfst Du als Mohammedaner in die Moschee zum Beten gehen, ohne daß Du Dich vorher gewaschen hast? Nein, sagst Du! Also, in Deutschland darfst Du am Montag nicht zur Arbeit gehen, wenn Du Dein Auto am Samstag nicht gewaschen hast.

Wie waschen die Deutschen ihre Autos? Bravo, das ist eine lebenswichtige Frage. Ich würde, wenn ich Befugnisse hätte, jeden Türken nach Deutschland schicken, damit er lernt, wie man ein Auto wäscht. Da dies nicht möglich ist, sollte jeder Türke, der in Deutschland arbeitet, im Urlaub seinen Dorfbewohnern Autowaschen beibringen. Sei froh, daß Du mich hast, der Dir umsonst beibringt, wie man ein Auto wäscht.

Unterbreche mich bitte jetzt nicht, mit der Begründung, daß du mir nicht zuzuhören brauchst, weil Du angeblich vom Autowaschen etwas verstehst. Nein, Du verstehst vom Autowaschen überhaupt nichts, weil Du noch nie in Deutschland gewesen bist. Das kannst Du mir nicht klarmachen. Ich kann mir vorstellen, was Du vom Autowaschen verstehst. Du fährst das Auto zum Ufer des Flusses, der inmitten des Dorfes läuft, mit einem Eimer und einem schmutzigen Lappen, zwei, drei Eimer voll Wasser auf das Auto geschüttet, und schon bist Du fertig. Ist das so? Ja, mein Lieber, so kannst Du Deinen Ochsenkarren waschen, aber nicht ein Auto. Sag' mal, was verstehst Du vom Auto? Waas? Das Auto ist ein Fortbewegungsmittel, das Deinem Zweck dient? Das ist falsch, völlig falsch. Wenn Du vom Auto so was hälst, dann ist mir klar, daß Du das Auto als irgendeine Sache behandelst und dementsprechend waschen willst. Wir müssen auch das von den Deutschen lernen, daß das Auto nicht irgendeine Sache ist, sondern, daß das Auto ein Stück Leben ist, daß das Auto mehr ist als ein Kind oder als eine Frau oder als eine Maschine. Gibst Du einem Kind eine kräftige Ohrfeige, so kann das Kind höchstens weinen, aber nach einiger Zeit hat das Kind das schon vergessen oder Du kannst es wiedergutmachen mit einem Bonbon. Aber, wenn Du einem Auto einen kräftigen Schlag verpasst, was wird dann mit dem Auto? Sag' mal bitte, was wird mit dem schönen Auto? Du meinst, nichts wird mit dem Auto? Ach, mein armer Freund, das Auto wird kaputt gehen. Jawohl, Du beschädigst irgendwas am Auto, das Du nicht wiedergutmachen kannst.

Ein Deutscher würde sein Auto mit dem Wasser, welches inmitten des Dorfes läuft, nicht waschen. Du meinst, das ist sauberes Wasser. Vielleicht ist das Wasser für Dich sauber, Du kannst das Wasser trinken. Obwohl ich schon lange in Deutschland arbeite, kann auch ich dieses Wasser trinken, vielleicht kann auch ich es gut vertragen. Da wir Menschen sind, haben wir in unserem Körper bestimmte Dinge, die uns gegen Bakterien, die eventuell in dem hiesigen Wasser vorhanden sind, schützen. Die Autos in Deutschland haben aber diesen Schutzmechanismus nicht. Die müssen geschützt werden. Also, erste Voraussetzung zum Autowaschen ist: ganz sauberes Wasser. Dieses Wasser muß Schlauchwasser sein, ich meine, mit einem bestimmten Druck.

Damit Du es leichter hast, erzähle ich lieber, wie ein Deutscher zum Beispiel Herr Meier, sein Auto wäscht. Da die Hälfte der Deutschen aus der Familie Meier stammen, habe ich Herrn Meier als Beispiel genommen.

Im Sommer steht Herr Meier um sieben Uhr auf, zieht seinen Autowaschanzug an, dann nimmt er alles mit, was er zum Autowaschen braucht, also, Wasserschlauch, ein paar saubere Lappen, Shampoo . . . Was Shampoo ist? Shampoo ist eine wohlriechende Flüssigkeit wie Seife, aber besser als Seife, weil man aus ein paar Tropfen Shampoo viel mehr Schaum machen kann als aus fünf Stück Seife. Die deutschen Frauen waschen sich auch mit Shampoo, habe ich gehört. Außerdem nimmt Herr Meier den Autostaubsauger und das elektrische Abtrockengerät, die Deutschen nennen es Fön, weil es wie der Windfön heiße Luft macht, mit. Er muß alles selbst haben, da man in Deutschland vom Nachbarn nichts ausleihen darf.

Herr Meier beginnt mit dem Waschen spätestens um acht Uhr, weil im Sommer das Wetter auch in Deutschland heißer wird, und wenn es heiß ist, darf man das Auto nicht waschen, sonst bilden sich ganz schnell häßliche Wasserflecken auf der Karosserie, und das Auto sieht schlechter aus als das vom Nachbarn.

Herr Meier weicht den Staub und den Schmutz auf der Karosserie mit weichem Wasser auf. Er wäscht alles der Reihe nach, da er ein vollblütiger Deutscher ist, und die Deutschen machen alles der Reihe nach. Als erstes wäscht er das Dach seines Autos, dann kommt der vordere Teil des Autos, der hintere Teil, die Türen von rechts nach links, die vorderen Räder von rechts nach links, die hinteren aber von links nach rechts.

Die Insekten auf der Karosserie seines Autos entfernt er nie mit einem scharfen und kantigen Messer oder mit was ähnlichem, sondern geduldig mit dem Lappen.

Dann kommt das Shampoo. Mit dem Shampoo spart er nie, denn er weiß, daß beim Autowaschen nie gespart werden darf, dafür kann er beim Waschen seiner Kinder sparen. Er muß das Auto überall mit dem Shampoo gut einreiben, muß soviel Schaum machen, bis sein Nachbar vor Neid zerplatzt. Sein Shampoo muß besser riechen als das seines Nachbarn. Wenn er auch die kleinste Fläche seines Autos mit dem Shampoo bedeckt hat, sieht er sich um, ob der Nachbar ihm zuschaut. Dann fängt er damit an, das Auto mit Wasser vom Shampoo zu reinigen. Jetzt macht er das mit kräftigem Wasserstrahl. Wenn er gesehen hat, daß mehr Schaum als beim Nachbarn geflossen ist, trocknet er sein Auto mit dem Fön. Habe ich was vergessen? Was denn? Das Innere des Autos? Ich brauche doch nicht zu sagen, daß er vorher das Innere seines Autos mit dem Staubsauger ganz saubermacht. Stell' Dir mal vor, was sein

Nachbar am Montag sagen würde, wenn er das Innere des Autos schmutzig sieht. So ist das in Deutschland, der eine Nachbar muß den anderen Nachbarn kontrollieren.

Als Deutscher hat Herr Meier alles, was man zum Autowaschen braucht: Geduld, Liebe zum Auto, Zärtlichkeit zum Auto, Zeit. Er kennt sein Auto besser als seine Frau. Man erzählt in der Türkei, daß die Deutschen kalt und gefühllos seien. Das ist nicht wahr. Wenn die Leute, die über die Deutschen solchen Unsinn erzählen, die Deutschen beim Autowaschen gesehen hätten, hätten sie diesen Unsinn nicht mehr erzählt. Ich weiß nicht warum, aber die Deutschen werden verunglimpft, verleumdet. Du mußt mal in die Augen von Herrn Meier gucken, wie lieb er sein Auto anschaut, das ist genauso, wie wir in der Türkei die Kinder anschauen.

Deutschland mußt Du am Samstag erleben. Das ist so schön. Es riecht überall nach den verschiedensten Wohlgerüchen. Hocke Dich vor Dein Fenster, gucke raus; wenn Du riechen willst, mache Dein Fenster auf.

Sonntag? Sonntag in Deutschland, nicht der Rede wert. Die Deutschen verstecken sich in den Wohnungen, damit die Ausländer nicht sehen, wie traurig sie ohne Arbeit sind. In den Hauptstraßen der Stadt siehst Du nur die Türken, aber nur die Türken. Deshalb brauche ich Dir Deutschland am Sonntag nicht zu zeigen. In der Türkei haben wir noch genug Türken.

Mein Geburtstag

Nach jeder Geburtstagsfeier in Deutschland, zu der ich eingeladen wurde, gibt es das gleiche Theater. Seit einiger Zeit nehme ich Geburtstagseinladungen überhaupt nicht mehr an, weil ich ganz genau weiß, daß der bekannte Fragesturm mich wieder schüttelt, wenn ich hingehe.

– Warum feierst Du denn Deinen Geburtstag nicht?
– Soviel brauchst Du wirklich nicht zu sparen.
– Willst Du in kürzester Zeit in die Türkei zurückkehren?
– Wird in der Türkei kein Geburtstag gefeiert? Warum nicht?

Ich habe jedesmal andere Antworten gegeben. „Ich mag nicht", habe ich gesagt, „daß wir uns nur wegen des Geburtstages treffen." Ich habe gesagt: „Geburtstagfeiern ist eine Erfindung der Konsumgesellschaft; wenn wir uns treffen wollen, brauchen wir doch nicht unbedingt einen Grund." Es hat alles nichts genützt. Ich weiß schon, daß meine deutschen Bekannten mich in ihre Gesellschaft voll integriert sehen wollen. Solange ich aber keinen Geburtstag feiere, scheitert dieser Integrationsversuch. Es fehlt mir nur dieser beschissene Geburtstag. Ich kann meinen deutschen Bekannten die Wahrheit nicht sagen, weil sie nur Bekannte sind, und keine Freunde.

Bevor ich nach Deutschland kam, habe ich nicht gewußt, daß dieser blöde Tag im Leben eines Menschen so wichtig ist. Meine Zukunft in Deutschland hängt davon ab. Aber, soviel ich weiß, habe ich keinen Geburtstag. In meinem Reisepaß steht zwar ein Datum, aber das wurde nur eingetragen, damit die Deutschen nicht meinen, daß ich noch nicht geboren bin.

Wenn ich meinen Geburtstag feiere, will ich auch Spaß daran haben. Wie kann ich denn Spaß haben, wenn ich meinen Geburtstag an dem Tag feiere, an dem ich höchstwahrscheinlich nicht geboren bin?

Um meinen Geburtstag herauszubekommen, bin ich im letzten Urlaub in die Türkei gefahren. Wo sollte ich bloß anfangen? Mit dem Einwohnermeldeamt? Da kann man ja nur das offizielle Geburtsdatum erfahren. Mein offizielles Geburtsdatum habe ich. „Das kannst Du vergessen Şinasi", habe ich mir gesagt; „Lieber fragst Du Deine engsten Verwandten. Mutter, Schwester, Onkel, Tante, Schwager." So habe ich mit meiner Mutter angefangen. Meine Mutter ist wie alle anderen türkischen Mütter lieb wie die Rose, geduldig wie die Erde. Sie kann weder lesen noch schreiben. Sie hat sechzehn Geburten hinter sich. Fünf Kinder leben noch. Sie hat gearbeitet und Kinder geboren, einen von uns im Wald, einen auf dem Feld, einen anderen auf der Treppe beim Wassertragen, jedenfalls keinen von uns im Krankenhaus, im gemütlichen, weichen Bett, umringt von Krankenschwestern und Hebammen. Sie ist eine von den türkischen Frauen, die alles machen, was ihre Männer wollen.

Sofort, nachdem ich die schwieligen Hände meiner Mutter geküßt hatte, habe ich sie gefragt:

– Sag mal Mutter, erinnerst Du Dich daran, wann ich geboren bin?
– Mein lieber Şinasi, hat mir meine liebe Mutter gesagt, ist es so lebenswichtig, daß Du mir gleich diese blöde Frage stellst? Willst Du nicht zuerst essen? Du bist von weither gekommen. Ich habe *Sarma* mit Knoblauch für Dich

gekocht, das hast Du in Alemanien bestimmt nicht gegessen.
– Nein Mutter, habe ich gesagt, essen kann ich nachher. Ich möchte wissen, wann ich geboren bin.
– Nicht so stürmisch Şinasi, haben die Alemanen Dich so kaputt gemacht, daß Du nicht mal an Deine Lieblingsspeise denken kannst? Ich habe gehört, daß die Alemanen nur an die Arbeit denken, ist das wahr? Sind sie denn so fleißig, daß sie ohne Arbeit nicht leben können, oder sind sie so ungeschickt, daß sie mit der Arbeit nie fertig werden?
– Mutter, die Alemanen denken nicht nur an die Arbeit. Die junge Generation denkt ans Saufen und ans Fernsehen, die alte denkt an die alten Zeiten und an Autos.
– Was, ans Saufen? Das ist schlimm, das ist schlimm Şinasi, Gott bewahre Dich vor solchen Leuten. Du trinkst doch nicht etwa? Nein? Dein Vater hat auch nicht getrunken. Mein lieber Sohn aus Alemanien, wer nur an seine Arbeit denkt, der ist ein Besessener, wer besessen ist, der ist kein Mensch. Um Mensch zu sein und zu bleiben, muß man auch an die anderen Dinge denken können, an die Blumen, an das Feld, an die nächsten Nachbarn, an die Kühe, an die Bäume, an die Eltern und an den lieben Gott. Ich habe wieder viel gesprochen. Also, wann ich Dich geboren habe? . . . Laß mich mal gut überlegen.

Meine Mutter hat eine halbe Stunde überlegt. In der Zwischenzeit hat sie Hirtensalat gemacht. So guten Hirtensalat macht nur meine Mutter, mit Oliven, Schafskäse, Paprika, vielen Gurken und Zwiebeln. Dann hat sie mir gesagt:

– Ja, mein lieber Sohn aus Alemanien, ich habe es mir gut überlegt, damit ich Dich mit den anderen nicht verwechsle, und ich glaube herausgefunden zu haben, wann ich Dich geboren habe. Du bist an dem Tag, an dem unser kräftiger Bulle verschwunden ist, geboren. An diesem Tag ist zu Hause niemand gewesen. Ich hatte Deinen Vater, Gott gebe ihm ewige Ruhe, zum Holzhacken in den Wald geschickt. Er hat zwar vor sich hingebrummt, aber ich habe es nicht ernst genommen, weil die Männer immer vor sich hinbrummen. Deine Geschwister hatte ich aufs Feld geschickt, wegen eines Kindes kann man die Arbeit auf dem Feld nicht liegen lassen. Aber Du, Du warst so unruhig, Du wolltest unbedingt raus. Kurz gesagt, es war niemand zu Hause, um auf den Bullen aufzupassen. Ich war sehr beschäftigt mit uns; als ich dann bemerkte, daß unser Bulle verschwunden war, warst Du schon da, aber der Bulle war weg. Niemand, nicht mal Dein Vater konnte erklären, wie der Bulle verschwunden war. Der Bulle war aus einer besonderen Zucht. Er hat Bernstein geheißen, weil er die Farbe eines Bernsteins hatte. Jeder im Dorf hat uns beneidet, daß wir so einen Bullen hatten, und gesagt: „Mensch, Sarı Ahmet hat aber einen Bullen." Ich vermute, ein böser Blick hat unseren Bullen getroffen.

Ich habe meine Mutter, in der Hoffnung wenigstens die Jahreszeit herauszubekommen, gefragt:

– Liebe Mutter, warum hast Du meine Geschwister auf das Feld geschickt? Was haben sie da machen müssen?
– Woher soll ich denn das jetzt noch wissen, mein Sohn, was Deine Geschwister auf dem Feld machen mußten? Das ist schon lange her. Sie könnten Mais gehackt haben. Weißt Du noch, was Maishacken ist? Obwohl Du schon lange in Alemanien bist, hast Du es nicht vergessen? Das finde ich gut. Sie könnten Weizen geerntet haben, aber sie könnten auch was anderes gemacht haben. Warum willst Du unbedingt wissen, wann ich Dich geboren habe? Reicht es Dir nicht, daß Du überhaupt gesund geboren worden bist? Mein Sohn, seitdem Du in Alemanien bist, hast Du Dich gewaltig verändert. Es tut Deiner Mutter nicht gut. Jeder soll auf seinem Boden bleiben, hat Dein Vater immer gesagt. Wenn nur Dein Vater noch lebte, er wüßte, wann

ich Dich geboren habe. Frag mal Deine ältere Schwester, sie muß es wissen, sie ist drei Jahre in die Schule gegangen, obgleich ich es nicht wollte. Was soll ein Mädchen in der Schule?

Nach dem Essen habe ich meiner Mutter gesagt, daß ich meine Schwester besuchen will. Sie hat zwar nichts gesagt, aber sie war irgendwie beleidigt.

Meine älteste Schwester sieht genauso alt aus wie meine Mutter. Sie hat acht Kinder, denen ich jedes Jahr aus Deutschland Geschenke mitbringe. Wie sie alle heißen, weiß ich nicht genau. Die einzige Sorge meiner Schwester war und ist meine Heirat.

– Setz Dich hin, hat meine Schwester gesagt, – Soll ich Dir Tee machen, das geht ganz schnell.
– Nein, danke.
– Sag mal, wann willst Du heiraten? Es ist Zeit, daß Du auch ans Heiraten denkst. Wenn Du zu alt bist, bekommst Du kein Mädchen aus unserem Dorf. Oder hast Du schon ein deutsches Mädchen?
– Ein deutsches Mädchen habe ich noch nicht. Da Du schon vom Alter redest, weißt Du, wann ich geboren bin?
– Selbstverständlich weiß ich, wann Du geboren bist. Unsere Mutter ist sehr streng mit mir gewesen. Als ich mich mit Deinem Schwager verlobt habe, ist sie noch schlimmer geworden. Sie hat mir verboten, ihn zu sehen, geschweige denn, ihn zu treffen. Egal, wo ich hingegangen bin, sie ist mir gefolgt. Wenn wir Feldarbeit gemacht haben, durfte ich nicht mal allein aufs Klo gehen. Du bist an dem Tag geboren, an dem ich Deinen Schwager das erste Mal getroffen habe. Das war ein schöner Tag. Ich bin sicher, daß Du an dem Tag geboren bist, sonst hätte ich Deinen Schwager nicht treffen können. Als Mutter wegen Dir Geburtswehen bekommen hat, habe ich mir gedacht, jetzt oder nie. Sie hat

mich zur Hebamme Fadik geschickt. Unterwegs habe ich Deinem Schwager durch ein kleines Mädchen die Nachricht zukommen lassen, daß er in der Scheune von Onkel Mustafa auf mich warten soll. Als ich mit der Hebamme Fadik zur Mutter zurückgekommen bin, habe ich Wasser warm gemacht, damit das Kind gewaschen werden konnte. Dieses Kind bist Du gewesen. Dann bin ich ganz leise aus der Wohnung geschlichen. Mutter hat im Bett in der Küche gelegen. Ich bin gleich in die Scheune vom Onkel Mustafa gegangen, wo Dein Schwager auf mich warten sollte. Ich habe Deinem Schwager Taschentücher geschenkt, auf die ich Tauben, Rosen und ein Herz gestickt hatte. Er hat mir Kekse, Lokum und Feigen überreicht. Ich weiß nicht, wie lange wir in der Scheune gewesen sind. Als ich wieder rauskam hat es in Strömen gegossen. Ich bin naß geworden wie eine Feldmaus. Als ich nach Hause kam, habe ich Dich schreien gehört. Unsere Mutter hat nicht gemerkt, daß ich Deinen Schwager getroffen hatte.
– Weißt Du, in welcher Jahreszeit das gewesen ist?
– Das weiß ich nicht mehr. Wenn Du auch das wissen willst, dann mußt Du Deinen Schwager fragen. Wenn er mal gute Laune hat, erzählt er immer von unserem ersten Treffen. Daß ich damals so rot geworden wäre. Das ist nicht wahr. Er hat mich gar nicht anschauen können, so schüchtern ist er damals gewesen. Wenn Du ihn fragen willst, mußt Du Dich gedulden, er ist nämlich in der Stadt.

Bis mein Schwager nach Hause gekommen ist, haben wir uns über alle möglichen Dinge unterhalten. Ob deutsche Mädchen so frei sind, daß sie, wenn sie einen Türken sehen, ihn gleich in die Arme nehmen, wollte meine Schwester von mir wissen. Als ich verneinte, war sie froh. Ich weiß nicht warum.

Mein Schwager kennt nur eine einzige Aufgabe in seinem Leben, welche er, hier muß ich es ehrlicherweise zugeben, gewissenhaft erfüllt, nämlich das Kindermachen.

Nachdem mein Schwager und ich den Wangenkuß getauscht hatten, habe ich ihm alles, was meine Schwester gesagt hatte, erzählt. Dann habe ich ihn gefragt, ob er wisse, wann ich geboren sei.

– Wann Du geboren bist? Das weiß ich hundertprozentig. Bevor ich über Deinen Geburtstag erzähle, will ich aber das berichtigen, was Deine Schwester über unser Treffen gesagt hat. Das war typischer Weiberquatsch. Was habe ich Dir immer gesagt, mein lieber Schwager Şinasi, Du darfst Dich nie auf die Weiber verlassen, und wenn es Deine eigene Mutter ist. Das stimmt nicht, daß es an dem Tag, an dem wir, Deine Schwester und ich, uns das erste Mal getroffen haben, geregnet hat; es stimmt auch nicht, daß wir uns das erste Mal in der Scheune von Onkel Mustafa getroffen haben, das ist in der Scheune vom Hadschı Hasan gewesen. Ach, die Weiber, die Weiber, die erzählen nie die wahre Wahrheit, sondern immer nur ihre eigene, weibliche, Wahrheit.

Kommen wir zu Deinem Geburtstag. Als ich mich mit Deiner Schwester verlobt habe, bist Du noch nicht auf der Welt gewesen. Du, Weib, wann habe ich mich mit Dir verlobt? Hahaha, woher sollst Du das wissen? Du kannst mir nicht mal sagen, was Du gestern abend gegessen hast. Ja, Şinasi, so sind die Frauen, sie haben lange Haare, aber kurzen Verstand. Also, wir haben uns im Oktober 1947 verlobt. Im März 1948 bin ich zum Militärdienst einberufen worden, da bist Du noch nicht auf der Welt gewesen. Ich bin im August 1949 auf Urlaub gekommen. Als ich in unsere Wohnung kam, hat mein Vater zu mir gesagt: „Mein Pascha, wenn Du Dich ein bißchen erholt hast, dann geh bitte zu Deinen Schwiegereltern. Deine Schwiegermutter hat vorgestern einen Jungen bekommen, sie liegt jetzt im Bett.“ Ich bin dann zu euch gegangen. Deine Mutter hat im Bett im Gastzimmer gelegen, sie hat ganz elend ausgesehen. Deine Schwester war natürlich nicht zu Hause, weil ich meinen Besuch angemeldet hatte. Du warst noch nicht in der Wiege, so klein warst Du. Damals hast Du dunkle Haare gehabt. Wann ich auf Urlaub gekommen bin? Ich kann es Dir gleich sagen, Moment, warte bitte.

Mein Schwager hat seinen Personalausweis geholt und nachgeschaut, wann er auf Urlaub gekommen ist; dann hat er weiter erzählt.

– Da, schau, ich bin am 5. August von Edirne abgefahren, damals hat die Reise mit dem Zug zwei Tage gedauert. Am 7. August bin ich im Dorf angekommen. Mein Vater hat mir gesagt, daß meine Schwiegermutter vor zwei Tagen ein Kind bekommen habe, dann müßtest Du am 5. August 1949 geboren sein, als ich gerade von Edirne abfuhr.

Ich konnte mich aber auf meinen Schwager nicht verlassen, so gerne ich gewollt hätte, weil er mich mit meinem inzwischen verstorbenen Bruder verwechselte. An dem Tag, den mein Schwager mir als meinen Geburtstag angab, ist Ibrahim geboren, der am 2. April 1950 starb. Auf seinem Grabstein steht, wann er geboren wurde und wann er starb.

Von da aus bin zu meinem Onkel, dem Bruder meines Vaters, gegangen. Für meinen Onkel habe ich Rasierklingen aus Deutschland mitgebracht, da er einen harten Bart hat und sich nur mit deutschen Rasierklingen rasieren kann. Nicht nur deutsche Autos und Maschinen, sogar die deutschen Rasierklingen sind die besten der Welt. Mein Onkel ist immer noch Vollblutpolitiker. Er war Mitglied in allen Parteien der Türkei. Am längsten hat er es in der Demokratischen Partei, die jetzt verboten ist, ausgehalten. Zu Hause hat er immer noch ein Bild vom Menderes, der vom Militärgericht aufgehängt wurde. Jetzt aber wechselt er jedes Jahr die Partei.

– Na, hat er gesagt, nachdem ich seine Hand geküßt hatte, sind die Sozialdemokraten, diese Stiefbrüder der Kommunisten, immer noch an der Macht in Deutschland? Wie sind die Parteien denn in Deutschland, machen sie auch so viel Krach um einen Sitz?
– Die Parteien in Deutschland sind ganz vernünftig, Onkel, habe ich gesagt. Sie scheinen unter sich ausgemacht zu haben, daß alle zwanzig Jahre die andere an die Macht kommt.
– Das ist typisch deutsch. Die Deutschen planen alles im voraus, und sie sind sehr diszipliniert. Ich habe mal gehört, nach dem zweiten Weltkrieg habe der deutsche Ministerpräsident, der Alte, ich weiß momentan nicht, wie der geheißen hat, an das deutsche Volk appelliert, daß jede Familie täglich nur ein einziges Ei essen solle; die deutschen Familien hätten dann nicht mal versucht, ein zweites zu essen. Sind sie immer noch so diszipliniert?
– Nein, Onkel, sie sind lascher geworden, seitdem die Türken in Deutschland arbeiten. Die Türken haben sie verdorben.
– Schade um das deutsche Volk.
– Onkel, ich habe eine wichtige Frage an Dich. Ich möchte wissen, wann ich geboren bin. Kannst Du es mir sagen?

– Ich kann Dir nicht genau den Tag sagen, weil, als Du geboren worden bist, weder in der Türkei, noch in der Welt was politisch Wichtiges geschehen ist. Mein Sohn Selim ist am 1. Juni 1950 geboren, nachdem Menderes mit unserer legendären Demokratischen Partei die ersten Wahlen gewonnen hatte. Du bist zwei Jahre älter als Selim. Meine Tochter ist am 9. Mai 1945 geboren, Du weißt, was am 9. Mai 1945 passiert ist. Du bist drei Jahre jünger als sie. Dann müßtest Du 1948 geboren worden sein, sonst könntest Du

nicht zwei Jahre älter als er, und drei Jahre jünger als sie sein. Warum willst Du das denn wissen?
– Onkel, Du kennst ja die Deutschen, bei denen muß alles ganz genau sein. Ich habe zwar ein Geburtsdatum in meinem Reisepaß stehen, aber soviel ich weiß, stimmt das nicht.
– In der Tat. Als Du in die Mittelschule gehen wolltest, warst Du so jung, daß wir Dich mit zwei Zeugen gerichtlich zwei Jahre älter machen mußten, damit Du überhaupt in die Schule aufgenommen wurdest. Nach Deinem ersten Personalausweis bist Du 1947 geboren, aber das ist, wie gesagt, nicht das richtige Datum. Weißt Du, was Du machen kannst? Geh zu Deinem Volksschullehrer, der muß es wissen. Du findest ihn bestimmt in dem Lehrerlokal.

Am nächsten Tag bin ich in die Stadt gefahren. Wie mein Onkel gesagt hatte, fand ich meinen ehemaligen Lehrer im Lehrerlokal. Wie alle türkischen Beamten, die nicht wissen, was sie machen sollen, wenn sie pensioniert sind, ist mein Lehrer auch sehr schnell gealtert. Auf der Nase trägt er zwei Brillen, um Zeitung lesen zu können. Er hat mich nicht wiedererkannt. Er ist schwerhörig geworden. Er hat mich vier-, fünfmal gefragt, wer ich sei.

– Wer bist Du? Sprich lauter.
– Ich bin Şinasi, Sohn von Sarı Ahmet aus Kıyıköy.
– Du brauchst doch nicht zu schreien, ein bißchen lauter habe ich gesagt. Also, Du bist Şinasi, was machst Du hier? Ich habe gehört, Du arbeitest in Deutschland. Erzähle mir von Deutschland. Ist es wahr, daß die Türken in Deutschland viele Probleme haben?
– Es ist nicht wahr. In Deutschland haben die Türken nur Geburtstagsprobleme.
– So, so. Die türkischen Zeitungen müssen immer unwahre Dinge schreiben. Was ist mit den Kindern? Haben die Probleme?

– Nein, sie haben auch keine Probleme. Sie selbst haben einmal gesagt, ‚wer lernen will, der lernt auch'. Viele der türkischen Kinder gehen in deutsche Schulen, weil sie lernen wollen.
– Du hast recht, wer lernen will, der lernt auch.

Damit die anderen Anwesenden in dem Lokal nichts mitbekommen, habe ich ihn leise nach meinem Geburtstag gefragt:

– Wissen Sie, wann ich Geburtstag habe?
– Was weiß ich, hat er geschrien, Deinen Hochzeitstag? Du hast mich ja nicht eingeladen. Wieviele Kinder hast Du schon?
– Ich habe keine Kinder. Ich bin noch ledig. Ich wollte wissen, wann ich geboren bin.

Er schien meine Frage immer noch nicht verstanden zu haben.

– Ja, dann ist es noch leichter. Um Deinen Hochzeitstag zu wissen, mußt Du erst heiraten. Ich möchte eingeladen werden, hast Du mich verstanden Şinasi? Sei nicht so frech wie die anderen in Deutschland. Die sind alle frech, die in Deutschland arbeiten, weil sie Geld haben. Übrigens, wie lange ist es schon her, daß Dein Vater gestorben ist? Der ist ein ganz netter Mensch gewesen. Sei wie Dein Vater.

Ich bin aufgestanden, ich wollte weggehen. Mein ehemaliger Lehrer hat seinen Kopf nochmals, aber langsamer, hochgehoben, hat mich eine Weile angeschaut, und gesagt:

– Şinasi, was lernen die deutschen Kinder in der Schule von ihrer Nationalgeschichte in den Jahren 1933 – 45?
– Davon habe ich keine Ahnung. Die deutschen Eltern selbst haben keine Ahnung, habe ich gehört.

Er hat sich gewundert. „Waaas?“ hat er gesagt, „die Deutschen selbst haben keine Ahnung? So was.“

Meine letzte Hoffnung war der Dorfälteste. Wir nennen ihn Alaman Tüfeği, was auf deutsch „Deutsches Gewehr“ heißt, weil er in Galizien mit den Deutschen gekämpft hat, worauf er immer noch stolz ist. Er ist bei denen, die in Deutschland arbeiten, gesprächiger als bei den anderen. Er spricht mit uns immer noch in seiner militärischen deutschen Sprache, die er in Galizien gelernt hat.

Vor meiner Abreise nach Deutschland hat er mich zu sich gerufen und gesagt: „Na, Şinasi, morgen fährst Du nach Alemanien, kannst Du Alemanisch?“ Ich habe gesagt: „Nein.“ Er hat mir dann ein paar deutsche Wörter beigebracht: Strammstehen, rühr Dich, jawohl. „Schade“, hat er gesagt, „daß ich nicht jung genug bin, sonst wäre ich auch in das Land gegangen, wo die tapfersten und anständigsten Männer der Welt leben.“

Ich fand ihn, niedergekauert, an die Mauer seines Gartens gelehnt. Er ist für sein Alter immer noch sehr rüstig.

– Şinasi, seit wann bist Du wieder im Lande? Was ist mit meinen Freunden? Haben sie noch nicht wieder vor, einen Krieg zu führen?

– Nein, Dede, jetzt machen Deine Freunde Geschäfte, Krieg machen die Juden.

– Die Juden, die Juden, in letzter Zeit höre ich nur, wie tapfer die Juden sind. Die Juden könnten nie einen Krieg gewinnen, wenn die Araber ein bißchen mannhafter wären. Krieg können nur die Türken und meine Freunde, die Deutschen, führen. Die Deutschen sind genauso tapfer wie wir.

Ich habe ihm deutsche Filterzigaretten gegeben. Außer die-

sen raucht er nie Zigaretten mit Filter.
– Dede, habe ich gesagt, ich habe eine Bitte an Dich. Ich muß unbedingt meinen Geburtstag wissen, Du kennst ja Deine Freunde, sie wollen alles wissen, jetzt habe ich Schwierigkeiten mit ihnen, weil ich nicht sagen kann, wann ich geboren worden bin.
– Wie Du sagst, sind die Deutschen meine besten Freunde. Sie sind dankbare Menschen. Weil wir ihnen im ersten Weltkrieg geholfen haben, helfen sie uns jetzt. Sie holen unsere Männer in ihr Vaterland, damit unsere Armen was verdienen. Was wollen sie von Dir wissen? Deinen Geburtstag wollen sie wissen? Ich habe mal in Galizien einen deutschen Hauptmann gehabt, der hat von Graf geheißen, er hat Haare gehabt wie Weizen, Augen wie das Meer. Er hat mich mal gefragt, wie ich heiße, ich habe ihm im Strammstehen geantwortet, natürlich auf Deutsch, ich heiße Ali, Herr Hauptmann. Dann wollte er wissen, wie alt ich sei. Ich habe ihm gesagt, das weiß ich nicht. Er hat mich gefragt, wann ich geboren bin. Ich habe ihm gesagt: Ich bin geboren, Herr Hauptmann, eine Woche, nachdem unser schwarzer Ziegenbock im Wald vom Wolf gefressen worden ist. Er hat gelacht und gelacht, ich weiß nicht warum. Jetzt will man von Dir wissen, wann Du geboren bist? Heißt der, der Dich fragt, zufällig von Graf?
– Es fragt mich nicht nur ein Deutscher. Alle Deutschen, die ich kenne, wollen es wissen.
– Alle? Ach, der Hauptmann von Graf. Der hat allen Deutschen beigebracht, daß sie die Türken nach ihren Geburtstagen fragen sollen. Şinasi, wievieltes Kind vom Sarı Ahmet bist Du?
– Ich bin das siebte Kind.
– Das ist jetzt schwer zu sagen. Komm, zuerst trinken wir Tee.
Ich bin mit dem Alaman Tüfeği in seine Wohnung gegangen, um Tee zu trinken. Wir haben zusammen eine Kanne Tee ausgetrunken. Dann hat er nochmal gesprochen:

– Du bist an dem Tag geboren, an dem der Gouverneur der Stadt ins Dorf gekommen ist. Es war sehr heiß. Der damalige Dorfvorsteher hat mich beauftragt, dem berüchtigten Gouverneur Ayran anzubieten. Er hatte einen Kopf wie ein Spiegel. Er ist mit seinem ganzen Stab gekommen. Die standen alle hinter ihm und nickten mit den Köpfen wie die Pferde. Der Gouverneur hatte den Ayran – gluck gluck gluck – getrunken und gesagt, der Ayran sei nicht gut gewesen, obwohl der Ayran aus reiner Ziegenmilch gemacht worden war. Ich habe mich granatenmäßig geärgert, so was hat mir nicht mal mein deutscher Hauptmann gesagt. Dieser miese Gouverneur hat uns alle von oben herab angesehen, als wären wir ganz merkwürdige Tiere, und ohne eine Rede zu halten, ist er weggegangen. Auf Wiedersehen hat er auch nicht gesagt.

Als ich verärgert und müde nach Hause zurückkam, sagte meine Frau, Gott hab sie selig, zu mir: „Du Alter, die arme Frau vom Sarı Ahmet hatte wieder eine Geburt, das ist ihr siebtes Kind, ich muß sie mal besuchen.“ Dann ist sie zu Euch gegangen. Dieses Kind bist Du gewesen.
– Dede, kannst Du mir sagen, welche Jahreszeit es war, als dieser miese Gouverneur ins Dorf gekommen ist?
– Ich meine, es war im Juli. Er könnte genauso gut im August gekommen sein. Im August ist es ja auch sehr heiß. Es wäre natürlich besser, wenn Du ihn persönlich fragen könntest. Ob er noch lebt...?

Ich wollte noch mehr darüber wissen, aber der Dorfälteste hatte keine Lust mehr, über meinen Geburtstag zu reden.

– Die Deutschen sind zwar meine Freunde, aber sie sind auch nur Menschen, sie sind auch ein bißchen verrückt. Sie wollen alles geschrieben haben, nimm ihnen das nicht übel. Wenn Du morgen nichts anderes zu tun hast, komm vorbei, ich erzähle Dir mehr über meinen Hauptmann von Graf.

Der hatte viele verrückte Seiten.
Trotz all meiner Bemühungen ist es mir nicht gelungen, herauszubekommen, wann ich geboren bin.

Ich wurde wie die Deutschen, von einer Mutter geboren. Feiern, wie die Deutschen das tun, habe ich sowieso nie gemocht.

Hast Du das Foto gesehen?

Sage ihm bitte, Bruder Dolmetscher, sage ihm, daß der Schuldige nicht Ali ist, sondern ich. Jawohl, ich bin der wahre Schuldige. Ali hat nichts getan, überhaupt nichts. Er hat nur das getan, was ich ihm gesagt habe. Wie ich heiße? Ahmet Demir heiße ich. Geboren? Was hat mein Geburtsdatum mit diesem Vorfall zu tun? Aber übersetze nicht so grob, wie ich Dir sage, Bruder Dolmetscher. Die deutschen Polizisten seien sehr empfindliche Polizisten, habe ich gehört, ist es wahr? Nicht so empfindlich, daß sie wie Zukker im Regen schmelzen, nein, so habe ich nicht gemeint. Die deutschen Polizisten haben einen Türken aus Ankara aus Deutschland abgeschoben, weil dieser freche Kerl vor den Augen der deutschen Polizisten gegen den Wind gepinkelt hat. So empfindlich habe ich gemeint. Aber, Bruder Dolmetscher, unter uns gesagt, dem Kerl geschieht recht. Das kannst Du übersetzen, wenn Du willst, lieber Bruder Dolmetscher. Sage bitte auch, daß ich nicht frech bin. Ja, Bruder Dolmetscher, . . . Was wollte der Polizist wissen? Geburtsdatum? Ich bin geboren am 29. oder 30. Februar. Warum schauen Sie mich so an, Herr Dolmetscher, haben Sie was verloren? Sie schauen mich so an, als lüge ich. Sie glauben mir nicht, Herr Dolmetscher. Können Sie es nicht übersetzen? Warum nicht? Es gibt keinen 30. Februar? Wenn Herr Dolmetscher meint, daß es keinen 30. Februar gibt, dann muß es wohl stimmen. Ich bin nicht kleinlich, eines Tages wegen verursache ich keinen Krach. Ich schließe mich Ihrer Meinung an, wenn Sie meinen, Herr Dolmetscher, ich sei am 29. oder 31. Februar geboren, ist gut, dann sage ich auch, ich bin am 29. oder 31. Februar geboren. Wir müssen uns aber schnell einigen, wann ich geboren bin. Nicht deshalb, weil ich jetzt von einem deutschen Polizisten verhört werde, sage ich, daß wir uns vor den Deutschen einigen müssen, als eine Front vor den Deutschen auftreten müssen, sondern das sage ich immer. Was in meinem Reisepaß als Geburtsdatum eingetragen ist? Bisher habe ich mich nie darum gekümmert. Sie haben recht, Herr Dolmetscher, als Geburtsdatum steht der 29. Februar. Ich weiß nicht, warum ich mir eingebildet habe, ich wäre am 30. Februar geboren. Was ich von Beruf bin? Was ich jetzt in Deutschland mache, oder was ich in der Türkei gemacht habe? Seien Sie mir nicht gleich böse, Herr Dolmetscher. Sie müssen sich klar ausdrücken. In der Türkei habe ich . . . das geht Sie nichts an, was ich in der Türkei gemacht habe. . .? Vielleicht interessiert sich der sehr geehrte Herr deutsche Polizist. Er auch nicht. Bruder Dolmetscher, sei jetzt ehrlich und gib zu, daß ihr beide vorher besprochen habt, was ihr mich fragt. Nein? Das ist nicht der Fall gewesen. Gut. Von Beruf bin ich gelernter Gastarbeiter. Ob Du mir glaubst oder nicht, Bruder Dolmetscher, ich bin ein gelernter Gast-Hilfsarbeiter. Man muß nicht unbedingt eine Schule besuchen, um gelernter Gast-Hilfsarbeiter zu werden. Man muß aber von den Deutschen als Gast eingeladen worden sein. Man muß in Istanbul untersucht worden sein. Wenn man die deutsche Grenze überschritten hat, ist man Gastarbeiter. Ich arbeite in einer Firma. Da fühle ich mich echt wie ein Hilfsarbeiter. Ich helfe allen deutschen Kollegen. Sie sagen mir, Du kommen, Du gehen, je nachdem komme ich oder gehe. Das ist lustig, die Deutschen anzusehen, wie sie meinetwegen unter sich Krach bekommen. Einer sagt: Er habe mich zuerst zu sich gerufen, ein anderer sagt: nein, er habe mich zuerst zu sich gerufen. Ich amüsiere mich dann zu Tode. Das brauchst Du nicht alles zu übersetzen. Der deutsche Polizist soll ja nicht alles mitbekommen, was wir unter uns reden.

Wie dieser Vorfall geschehen ist? Ich will immer anfangen,

aber Sie fragen mich, Herr Dolmetscher, nur nach den anderen Dingen. Waaas? Ich erzähle nicht? Herr Dolmetscher, das, was Sie mir gerade gesagt haben, ist eine Unterstellung. So darf ich nicht mit Ihnen reden? Dann rede ich ab jetzt nicht mehr so. Ich erzähle alles so, wie es geschehen ist. Mein Kind, Du hast mein Kind noch nicht gesehen? Das Bild meines Kindes auch nicht? Bist Du Türke, Bruder Dolmetscher? Du bist ein Türke und trotzdem hast Du das Bild meines Kindes noch nicht gesehen? Wenn Du kein Türke wärst, würde ich Dir nicht erzählen, wie der Vorfall geschehen ist, weil dieser sehr geehrte deutsche Polizist mir gesagt hat, ich solle bitte schön mit einem türkischen Dolmetscher kommen, es wäre ja dann Betrug, und der deutsche Polizist hätte mich bestraft, unter uns gesagt, mit Recht.

Du brauchst nicht sofort die Stirn zu runzeln, weil Du mein Kind, oder wenigstens sein Bild, noch nicht gesehen hast. Ich lade Dich herzlich zu uns ein, Bruder Dolmetscher. Ich wohne gleich da, hinter der Hauptstraße. Dann kommt jene Straße, die nach links abbiegt. Weißt Du, Bruder Dolmetscher, die deutschen Namen kann ich nicht im Kopf behalten, die sind für mich sehr schwer, unverständlich. Dann kommen zwei Straßen, eine wieder nach links, die andere nach rechts, bleibe auf der rechten, gehe ungefähr drei-, vierhundert Meter, oder fünfhundert Meter, oder auch sechshundert Meter, es kommt bestimmt nicht auf ein paar hundert Meter an, dann kommt eine Ampel, nach der Ampel wieder links, in dieser Straße wohne ich. Sage mir, lieber Bruder Dolmetscher, was die Deutschen machen würden, wenn sie eines Morgens aufständen und auf den Straßen keine Ampel mehr sahen. Diese Frage gehört nicht hierher? Diese Frage gehört nicht hierher, weil Du sie nicht beantworten kannst. Sie, die Deutschen, meine ich, würden sich wie Irre benehmen, sie würden schreien, sie würden Amok laufen, weil sie an die Ampeln so gewöhnt sind,

als wären sie ein Stück von sich. Sie ahnen nicht, daß sie sich immer mehr von sich entfernen. Wie die Straße heißt? Verdammt noch mal . . . Beethoven, ja, ja, Beethoven heißt die Straße. Ein Deutscher hat mir mal gesagt, daß dieser Beethoven ein großer Sänger ist. Oder Musiker. Zwischen beiden gibt es ja keinen großen Unterschied. Mein Name steht auch an der Tür. Dafür habe ich 50 DM ausgegeben. Nicht nur die Türken, auch die Deutschen sollen sehen, wer wo wohnt. Du kannst nicht kommen. Warum nicht? Hast Du viel zu tun? Oder hast Du nur für mich keine Zeit? Das mußt Du wissen, ob Du kommst. Du bist auf jeden Fall eingeladen. Also, mein Kind hatte vor drei Wochen, genau vor drei Wochen, den vierzigsten Tag seiner Geburt. Wie Du auch weißt, oder hast Du es vergessen? Wenn man gut Deutsch gelernt hat, vergißt man alles, was man in der Türkei gelernt hat? Du nicht. Gut. Ja, wie Du auch weißt, haben wir, ich und meine Langhaarige, den vierzigsten Tag meines Sohnes gefeiert, natürlich so, wie wir in der Türkei feiern würden. Dann hat meine Langhaarige mir gesagt: Ahmet, Du mußt unseren Bub fotografieren lassen. Nach Meinung des Imams unseres Dorfes ist fotografieren eine der großen Sünden, weil ein Foto die Abbildung eines Gegenstandes ist, und keine Seele drin vorhanden ist. Aber was soll's, der Imam ist weit weg, und wir sind in Deutschland. Ich und meine Langhaarige sind in Deutschland moderner geworden. Ich würde sagen, supermodern, meine Langhaarige ist so weit mit ihrer Modernität, daß sie gleichzeitig Rock und Hose anzieht, ich finde, das ist verschwenderische Modernität. Wem sagst Du das. Auf Wunsch meiner Langhaarigen sind wir ins Fotogeschäft gegangen. Das war ein Fehler, ich gestehe es ehrlich. Mein Vater hat mir mal gesagt: „Mein Sohn, alle vierzig Jahre mußt Du das tun, was Dein Weib von Dir verlangt." Wir sind aber noch nicht vierzig Jahre verheiratet. Ich hätte nicht in das Fotogeschäft gehen sollen.
Dieses Fotogeschäft liegt auf der Einbahnstraße, die als

einzige Einbahnstraße in der Stadt drei Spuren hat. Du kennst diese Straße, verfluchte Straße. Wenn das Fotogeschäft auf der anderen Straße gewesen wäre, oder wenn diese verfluchte Straße keine Einbahnstraße wäre, wäre dieser Vorfall bestimmt nicht passiert.

Eine Frau in dem Fotogeschäft hat das Kind und mich zusammen, das Kind und meine Frau zusammen, das Kind allein, und am Ende das Kind und uns alle zusammen fotografiert. Soll ich kürzer machen? Warum? Ich bezahle Dich. Sie müssen mir so lange zuhören, bis ich fertig bin. Wünscht der Herr Polizist es kürzer? Ja, dann ist es was anderes. Der Herr Polizist kann mir ruhig sagen, wie er erzählt bekommen will. Seine Wünsche sind mir Befehl. Nach zwei Wochen habe ich das Foto meines Kindes abgeholt. Wir sollten das Foto so schnell wie möglich zu meinen Schwiegereltern schicken. Sie hatten Angst, daß unser Kind, wenn es in Deutschland geboren wird, wie ein deutsches Kind aussieht. Um sie zu überzeugen, daß unser Kind wie ein türkisches Kind aussieht, obwohl es in Deutschland geboren worden ist, wollten wir ihnen das Foto schicken.

Diese Frau im Fotoladen ist auch mitschuldig, aber was soll's. Die Frau ist Deutsche, der Herr Polizist ist Deutscher. Was kann ein Adler gegen einen anderen Adler unternehmen, wenn ein kleiner Spatz im Spiel ist. Daran habe ich mich gewöhnt. Dieser Vergleich ist ein Angriff auf die Würde eines Deutschen? Herr Dolmetscher, wenn Sie mit mir reden, kommen Sie sich wie ein Adler vor, aber wenn es darauf ankommt, werden Sie merken, daß Sie genauso wie ich, ein kleiner Spatz sind. Sie werden genauso schnell wic ich aus dem Nest geschmissen. Warten Sie ab.

Diese Frau hat mich gefragt, ob ich und meine Langhaarige einverstanden wären, daß ein Foto meines Sohnes ausgestellt wird. Ich habe nicht verstanden, warum meine Langhaarige auch gefragt worden ist. Wenn ich damit einverstanden bin, ist sie es auch. So versuchen die Deutschen, Bruder Dolmetscher, unsere Familie kaputtzumachen. Mit freundlichem Gesicht bringen sie erst Unruhe in unsere Familie. Dann schüren sie unsere Konflikte, dann nimmt eine deutsche Frau die Stelle der türkischen Frau in der Familie ein. Das Horn holt das Ohr ein.

Ich habe dieses verdammte Ausstellen nicht verstanden. Als ich nach Deutschland kam, hat mir mein Landsmann Hüseyin, der zwei Jahre vor mir nach Deutschland gekommen ist, gesagt: „Ahmet, willst Du in Deutschland mit den Deutschen ohne Reibereien leben, mußt Du immer ja sagen. Vergiß nicht, nur ja sagen." Bisher habe ich von diesem Rat viel Gebrauch gemacht. Herr Dolmetscher, Sie übersetzen ja nicht. Sie müssen übersetzen, was ich Ihnen sage, dafür bezahle ich Sie. Einerseits sagen Sie mir, ich erzähle zu lang, andererseits, erzähle ich kürzer, dann übersetzen Sie nicht. Ich warte auf Ihre Übersetzung, Herr Dolmetscher.

Wo bin ich stehengeblieben? Ja sagen. Ja ist das leichteste deutsche Wort. Dadurch habe ich Reibereien mit den Deutschen immer vermieden. Am letzten Dienstag wollte ich einen Kassettenrecorder kaufen. Hast Du einen Recorder, Bruder Dolmetscher? Diese Frage gehört nicht hierher? Ich darf nie eine Frage stellen. Ich muß immer, kurz, präzis und exakt antworten. Wir sind unter uns, Bruder Dolmetscher, laß mich bitte fragen. Darf ich? Hast Du einen Recorder? Keinen. Dann schaffe Dir einen an. Das ist ein Zaubergerät. Wäre es nicht wunderbar, wenn es damals, als Mohammed lebte, Kassettenrecorder gegeben hätte? So hätten wir keinen Hodscha mehr gebraucht, wir hätten die heilige Stimme von Mohammed direkt gehört.

Das Radiogeschäft liegt gleich neben dem Fotogeschäft.

Als ich, meinen Recorder unter dem Arm, an dem Fotogeschäft vorbeiging, glaube mir, Bruder Dolmetscher, habe ich was gespürt. Eine Stimme in mir hat mir gesagt: „Ahmet, dreh Dich um, dreh Dich um, und schaue hin." Ich habe mich umgedreht und hingeschaut. Was sehe ich vor meinen Augen, rate mal, Bruder Dolmetscher, was meine Augen, die bisher vieles gesehen haben, erblickten. Du kannst es nicht raten, lieber Bruder Dolmetscher, aber das macht nichts. Meine Langhaarige hat es auch nicht raten können. Bruder Dolmetscher, hier brauchst Du nicht wortwörtlich zu übersetzen, da die Deutschen nicht an eine innere Stimme glauben. Das, was ich in dem Moment gesehen habe, war mein Kind, mein lieber Sohn, mein kleiner Bulle, mein Stolz.

Ich konnte meinen Augen nicht glauben, daß mein Kind, mein Sohn, mein Stolz, mein Bulle, aus dem Schaufenster eines deutschen Geschäftes mich, seinen Vater, seinen Erzeuger mit Allahs Genehmigung begrüßte. Warum gukken Sie mich an, Herr Dolmetscher, ich war genauso erstaunt wie Sie. Es ist im Leben eben so, manche Dinge tauchen plötzlich vor unseren Augen auf, und verändern uns schlagartig. Man weiß nie, wann so was vorkommt.

Ich habe mir ein paar Mal die Augen gewischt, ich habe mich ein paar Mal gezwickt. Hätte ja sein können, daß ich es nur träume. Nein, ich träumte nicht. Ich war so wach wie mein deutscher Meister. Mein neugekaufter Recorder ist gerutscht, meine Knie haben angefangen zu zittern, mir ist schlecht geworden, vor meinen Augen habe ich dunkle Sterne gesehen, die ununterbrochen ihre Plätze wechselten. Ich glaube, Bruder Dolmetscher, das kommt davon, daß wir Türken Kreislaufsysteme haben, die ganz anders reagieren. Die Türken haben ihr Herz oben, im Kopf, und ihr Gehirn unten, in der Brust. Wir denken mit dem Herzen, lieben auch mit dem Herzen. Dagegen denken die

Deutschen mit dem Gehirn und lieben auch mit dem Gehirn. Sie tun das, Herr Dolmetscher genauso wie die Deutschen. Was, ich bin ein Verrückter? Herr Dolmetscher, ich bezahle Sie nicht deswegen, daß Sie mir sagen, ich sei ein Verrückter. Die Türken, die irgendwie Deutsch gelernt haben, meinen, die anderen Türken, die nicht Deutsch gelernt haben, seien verrückt, oder wenigstens nicht normal. Das ist nicht wahr, Herr Dolmetscher. So haben Sie das nicht gemeint? Dann ist es gut. Ich nehme auch alles zurück. Ich hoffe, Bruder Dolmetscher, Du übersetzt diese kleine Streiterei nicht. Warum soll ein deutscher Polizist sie mitbekommen? Glaube mir, Bruder Dolmetscher, die Deutschen interessiert es auch nicht, was wir unter uns machen, und sie lassen uns in Ruhe, solange unser Streit sie nicht belästigt.

Keine Angst, Bruder Dolmetscher, ich erzähle, ich habe nicht vergessen, wo ich stehengeblieben bin. Als es mir wieder einigermaßen gut ging, habe ich das Foto von allen Seiten betrachtet. Kein Zweifel, das war das Foto meines Sohnes. Als er fotografiert wurde, hat er gelacht, weil ich ihm gıdı, gıdı gesagt habe. Allah sei Dank. Es ist in Deutschland das erste Mal, daß das Foto eines türkischen Kindes ausgestellt wurde. Ausgerechnet das meines Kindes. Allah ist groß. Dieses Kind, dessen Foto in einem deutschen Fotogeschäft ausgestellt wurde, habe ich ohne deutschen Befehl gemacht. Das ist wahr, kein Deutscher hat mir geholfen. Mein Kind guckte mich an, lieb, aber allein unter deutschen Kindern, trotzdem stolz auf sich und auf mich, seinen Vater. Ich habe auf der Stelle Allah versprochen, daß ich dem Allmächtigen einen fetten Hammel schlachten werde, wenn ich in der Türkei bin. Danke Allah, habe ich gesagt, ich danke Dir, ich danke Dir tausendmal, daß Du mich diesen Tag erleben läßt. Unser Allah, Bruder Dolmetscher ist allmächtig, noch allmächtiger als der deutsche Gott. Vielleicht haben die Deutschen die schnellsten Autos, die präzisesten Maschinen, die größten Häuser, die aufmerksamsten Polizisten, aber wir haben unseren Allah. Unser Allah ist überall Allah, in der Türkei, in Persien, in Saudi Arabien, in Amerika, in Russland, in Frankreich, in Deutschland. Der deutsche Gott hat nur in Deutschland Macht. In Frankreich hat er überhaupt nichts zu sagen. Der französische Dieu hat in Deutschland nichts zu sagen. Bruder Dolmetscher, das, was ich Dir jetzt erzählt habe, hat Dir nicht gefallen? Gib zu, es hat Dir nicht gefallen. Wenn Du meinst, Bruder Dolmetscher, daß Du mit Allah Schwierigkeiten hast, gebe ich Dir einen Rat. Zeige Dich ihm ab und zu mal erkenntlich. Ja, erkenntlich. Unser Allah ist wie ein gutmütiger Riese. Wenn man ihn spürt, bekommt man Angst vor ihm, aber wenn man weiß, daß er ein gutmütiger Riese ist, dann hat man das Bedürfnis, einfach zu ihm zu gehen, sich an ihn anzulehnen. Er hat Macht über uns, wenn Du ihm aber sagst, Du bist der Größte, freut er sich darüber, dann geht er mit Dir auch aufmerksamer um.

Herr Dolmetscher, jetzt unterstellen Sie mir wieder, daß ich nicht den Vorfall, sondern Märchen erzähle. Das war kein Märchen, was ich eben erzählt habe. Das war ein freundlicher Rat von mir. Es ist mir egal, ob Sie mit Allah auch in Zukunft Scherereien haben.

Am nächsten Tag, als ich in die Firma kam, fragte ich Ali: „Du, Ali, hast Du das Foto gesehen?“ Er hat das Foto nicht gesehen. Ich erzählte ihm dann alles. Er glaubte mir nicht, und fragte so, als ob ich dafür zuständig wäre: „Ob die deutschen Kinder ausgestorben sind?“ Ich sagte ihm dann: „Halt Dein Maul, gehe hin und gucke.“

Ali ist zu jedem freundlich. Selbst den Vorarbeiter hat er immer angelächelt, bis der zu ihm sagte: „Ali, Du mich immer angrinsen. Das mag ich nicht.“ Der Vorarbeiter ist der Einzige in Deutschland, den Ali nicht anlächelt. Er sagte immer, die Lippen nützen sich nicht ab, wenn man Hände küßt. Er war genau wie ich ein Ja-Sager. Er hat nicht mal die deutsche Sonne schief angeguckt. Wird er jetzt freigelassen? Warum nicht? Ich habe ja alles über den Vorfall erzählt. Mehr weiß ich nicht. Er muß freigelassen werden. Bruder Dolmetscher, sage dem Polizisten, bitte ihn, er muß Ali freilassen. Du bist sein Partner, er wird Deinen Wunsch bestimmt nicht ablehnen. Bitte ihn, flehe ihn an, ich bitte Dich darum. Über den Vorfall weiß ich wirklich nicht mehr. Allah sei mein Zeuge. Ich bin fertig. Wie lange hat das Verhör gedauert? Eine Stunde. Was verlangst Du, Bruder Dolmetscher für eine Stunde? 100 DM. Das ist zwar viel, aber Du hast mir geduldig zugehört. Wenn Du verlangst, daß Ali freigelassen wird, dann zahle ich Dir nochmal hundert Mark. Wo soll ich unterschreiben? Mit meinem Vornamen und Nachnamen? Mache ich schon. Sage ihm, bitte, Bruder Dolmetscher, sage dem Herrn Polizisten, er darf Ali nicht in die Türkei abschieben. Ali kann sogar 150 Kilo auf seinem Buckel tragen. Er ist so stark. Er ist so nützlich für die Deutschen. Er kann alles machen, was der Herr Polizist von ihm verlangt. Doch. Auf Wiedersehen, Herr Polizist, auf Wiedersehen. Bruder Dolmetscher, Herr Polizist hat sehr weiche Hände, wie Seide, rein und weich. Kannst Du ihm das übersetzen, aber umsonst.

* * *

Bruder Dolmetscher, warum bin ich hier? Sage mir, warum? Was würde mein Mann sagen, wenn er erfährt, daß ich allein bei der deutschen Polizei war? Gott möge Dir alles geben, was Du Dir wünschst, laß mich heimgehen, bevor mein Mann davon erfährt. Sonst bringt er mich um, ja, er wird mich zusammenschlagen, er wird mich zerstükkeln. Ich weiß schon, wo ich bin. Dieser Herr in Uniform ist ein deutscher Polizist, ich bin nicht blind. Wenn mein Mann erfährt . . . ich hätte euch die Tür nicht aufmachen sollen.

Mein Mann hatte recht. Er sagt mir jeden Tag zweimal, bevor er zur Arbeit geht, mache Tür nicht auf, egal wer hereinkommen will. Was heißt einsperren, Bruder Dolmetscher, er sperrt mich nicht ein, sondern er schützt mich und unser Geld. Wenn Du mir verrätst, warum ich hierher gebracht wurde, dann sage ich Dir, warum mein Mann jeden Tag zweimal sagt, daß ich die Tür niemandem aufmachen soll. Wegen des Vorfalls? Welchen Vorfall meinst Du, Bruder Dolmetscher? Den gestrigen, dieses Foto? Ich fand das Baby schön, aber auch wieder nicht so schön. Mir gefallen blonde Babys, mit blauen Augen, wenn sie lachen, sieht man die Blumen in ihnen. Was soll ich über dieses Foto erzählen? Über dieses Foto kann derjenige, zu dem das Kind gehört, mehr erzählen.

Bruder Dolmetscher, Du bringst mich durcheinander. Was willst Du wissen? Willst Du jetzt wissen, warum ich Fremden unsere Haustür nicht aufmachen soll, oder willst Du wissen, was ich gestern gesehen habe. Wenn Du aber nicht weißt, was Du willst, dann erzähle ich das, was ich für das Wichtigste halte.

Mein Mann ging zur Arbeit. Ich machte alles wie üblich fertig. Ich putzte die Fenster, ich machte Kehrwoche, ich wusch das Geschirr ab. Auch wenn wir keine Kehrwoche haben, mache ich Kehrwoche. Meine deutsche Nachbarin sagt mir: Du bist die einzige saubere Türkin in Deutschland. Ich habe ihr nicht gesagt, daß ich nicht wüßte, was ich sonst tun soll, wenn mein Mann zur Arbeit geht. Warum soll ich denn alles, was ich im Herzen habe, einer deutschen Frau sagen. Ich putze die Wohnung jeden Tag ein paar Mal, damit die Zeit schneller vergeht. Wenn ich mit allem fertig bin, dann nehme ich die Fotos meiner Kinder in die Hand und weine. Das tut mir jedesmal gut. Was ich erzähle? Ich erzähle . . . Ich erzähle . . . Ja, ich erzähle, warum ich die Tür . . . . Herr Dolmetscher, lassen Sie mich bis zum Ende erzählen. Auf den Vorfall werde ich auch kommen. Da ich schon bei der Polizei bin, erzähle ich zuerst den Vorfall, den ich erlebt habe. Der hat indirekterweise mit dem Vorfall, von dem Sie unbedingt wissen wollen, zu tun. Verstanden . . .? Du bist ein guter Mensch. Wie alt bist Du, Bruder Dolmetscher? Was geht mich Dein Alter an? Nichts. Ah ja, alles habe ich geputzt. Ich habe mich ausgeweint, also ich war guter Laune. Ich wollte gerade die Blätter des Baumes auf unserer Straße zählen. Das mache ich manchmal, wenn ich guter Laune bin. Nicht alle Blätter des Baumes, sondern nur die auf unserer Seite. Ich war nicht mal bei zehn, da klingelte es an unserer Tür. Das passiert so selten, daß an unserer Tür geklingelt wird, wenn mein Mann nicht zu Hause ist, daß ich erschrocken bin. Ich ging hinaus, machte die Tür auf, herein kam ein junger blonder Mann. Ich dachte, er verwechselt unsere Wohnung mit der Wohnung unseres deutschen Nachbarn. Was soll ein Deutscher bei uns, wenn er nicht gerade Polizist ist oder Beamter. Nein, dieser junge blonde Mann war weder von der Polizei noch vom Finanzamt, und er kam zu uns. Er fragte mich nach unserem Namen und ich nannte ihn. Als ob unsere Wohnung seine wäre, kam er mit einer Selbstverständlichkeit herein, daß ich mir dachte, Mensch, der muß wohl vorher hier gewohnt haben. Er war freundlich und sprach mit mir, lachte dabei immer, er lächelte mich an, was mir peinlich war. Was hätte mein Mann getan, wenn er ihn dabei erwischt hätte . . .? Er war sehr gut angezogen, wie ein türkischer Beamter. Herr Dolmetscher, lassen Sie mich zuende erzählen, sonst bekommen Sie keinen Ton mehr von mir zu hören. Mal wollen Sie das wissen, mal wollen Sie jenes wissen. Ich bin nicht Ihr Spielzeug. Kommen Sie aus Istanbul? Ich hätte es mir denken können. Nehmen Sie mir das bitte nicht übel, aber ich habe was gegen die Leute aus Istanbul. Ach ja, natürlich gibt es Ausnahmen. Du bist auch eine Ausnahme, wenn Du mir zuhörst, siehst Du ganz bieder aus. Ich erzähle weiter . . . Dieser junge, gutgekleidete, freundliche Mann sprach, sprach, und sprach. Ich sagte ja, ja, und ja. Er wollte mir die Hand halten. Mensch, so was. Da erlebte er natürlich was. Ich wollte ihm gleich eine schmieren. Als er sah, daß er mir nicht die Hand halten durfte, wurde er ruhiger. Er erzählte vom Atatürk, über die Türkei, er wäre in Istanbul, in Izmir, in Antalya, in Göreme, in Nevşehir, und auch in Konya gewesen, was mich besonders freute. Ich fragte ihn dreimal, ob er in Konya gewesen ist, das Mevlana Museum gesehen hat, die Moschee besichtigt hat. Er sagte ja. Von dem Moment an mochte ich diesen Deutschen. Der Herr Polizist soll dabei nichts denken, die anderen Deutschen mögen wir, ich und mein Mann, auch, aber dieser junge Mann war anders. Der Herr Polizist sieht das bestimmt ein. „Konya sehr schön, Konya sehr schön", sagte der junge Mann. Ich war entzückt von diesem Mann. Er ist der erste Deutsche gewesen, den ich in Deutschland getroffen habe, der in Konya gewesen ist. Wenn er nicht ein Fremder gewesen wäre, hätte ich ihn geküßt. Ich sagte Konya, er sagte Konya, ich sagte Mevlana Museum, er sagte Mevlana Museum, ich sagte Moschee, er sagte Moschee. Dann gab er mir einen Zettel und machte ein Zeichen, daß ich diesen Zettel unterschreiben sollte. Ich unterschrieb dann. Ich unterschrieb mit großer Mühe und Sorgfalt. Er durfte nicht mitkriegen, daß ich nicht lesen und schreiben kann. Unsere schwache Seite sollen und dürfen die Deutschen nicht kennenlernen, noch nicht einmal einer, der in Konya gewesen ist. Nach zwei Wochen kam ein Lastwagen mit verschiedenen Artikeln zu uns. Mein Mann war bei der Arbeit, ich war gerade beim Ausweinen. Die Artikel wurden bei uns abgeladen, und die freundlichen Männer gingen weg. Ich war im Zweifel, warum mein Mann mir nichts davon erzählt hatte, daß er für uns so viele Sachen gekauft hatte. Als mein Mann am Abend nach Hause kam und alles sah, fragte er erstaunt, warum ich zum Teufel so viele Sachen gekauft habe, obwohl ich wissen müßte, daß wir für unsere neu gekaufte Wohnung in Konya sparen müßten. Ich sagte ihm, daß ich nichts gekauft habe, daß ich dachte, daß er das alles gekauft habe. Am nächsten Tag ließ er einen Dolmetscher bei der Firma anrufen, ich weiß immer noch nicht, was die Firma meinem Mann gesagt hat, aber er kam nach Hause und schlug mich erstmal, ja, er schlug mich. Was mich zum Heulen gebracht hat, ist nicht, daß seine Schläge mir wehgetan haben, sondern, daß ich nicht wußte, warum er mich schlägt. Am nächsten Tag sagte er mir erst, daß ich einen Kaufvertrag unterschrieben hätte, und deswegen wären die ganzen Sachen zu uns gekommen. Seitdem sagt er mir jeden Tag zweimal, daß ich Fremden die Tür nicht öffnen soll. Sobald ich seinem Befehl nicht gehorche, passiert was.

Danke, Bruder Dolmetscher, daß Du mich nicht unterbrochen hast. Jetzt kann ich Dir über das Foto erzählen. Wo ich wohne? Jetzt fängst Du schon wieder an, Bruder Dolmetscher. Worüber soll ich erzählen, über das Foto, oder über unsere Wohnung? Wenn der Herr deutsche Polizist nicht unbedingt wissen will, wo wir wohnen, dann sage es ich Dir auch nicht. Gut, er will es wissen. Wir wohnen gegenüber der Sparkasse. Gegenüber welcher Sparkasse? Gegenüber der, aus der mein Mann immer Geld holt. Warum fragst Du, welche Sparkasse? Gibt es noch mehr Sparkassen in dieser Stadt? Wir wohnen auf jeden Fall gegenüber der Sparkasse, die meinem Mann Geld gibt. Warum schreien Sie mich an, Herr Dolmetscher, ich sage Ihnen die Wahrheit. Ich schwöre Ihnen, ich sage Ihnen die Wahrheit, nichts anderes als die Wahrheit. Schauen Sie den deutschen Polizisten an, er hört mir ruhig zu. Wissen Sie, was Sie tun können? Sie lassen mich heimgehen, dann sind Sie mich los. Ich werde Sie nicht mehr aufregen. Geht nicht? Dann müssen Sie sich damit begnügen, was ich Ihnen erzähle. Wenn Sie aber meinen, Sie kennen die Sache mit dem Foto besser als ich, dann erzählen Sie sie selbst. Ich muß erzählen? Gut, ich erzähle ja schon.

Vor vier Tagen kam ein junger Türke zu uns. Mein Mann war gerade ins Krankenhaus gegangen, weil er immer starke Magenschmerzen hatte. Er ist immer noch im Krankenhaus. Wenn er entlassen wird und von der Frau von Säufer Ihsan erfährt, daß ich allein bei der Polizei war, dann wird er sehr böse. Du meinst, er darf mich nicht schlagen, aber Du kennst ihn nicht. Wenn er richtig böse ist, wie beim letzten Mal, dann . . . Dieser junge Türke sagte mir: „Meine liebe Schwägerin, morgen um 16 Uhr haben wir, die hiesigen Türken, was Großes vor, Du mußt auch mitkommen. Bring Deinen Mann und Deine Kinder mit. Sag es auch Deinen türkischen Nachbarinnen, sag es Deinen türkischen Bekannten." Ich sagte dem jungen Mann, daß mein Mann im Krankenhaus ist, daß ich nur die Frau von Säufer Ihsan kenne. Er erwiderte: „Das ist egal, dann kommst Du allein." Ich sagte ihm, daß ich nicht weiß, was wo gemacht wird. Dann erklärte er mir: „Wir, die hiesigen Türken, versammeln uns vor einem Fotogeschäft, um das Foto eines türkischen Kindes anzusehen. Dieses Fotogeschäft liegt gleich neben dem Ausländeramt." Ich sagte ihm, daß ich mich zwar in der Stadt nicht auskenne, aber weiß, wo das Ausländeramt ist. Dann ging der junge Mann. Ich wollte zuerst nicht hingehen, weil, wenn wir uns schon da versammeln, die Deutschen uns gleich abschieben. Dann dachte ich mir, frage erst die Frau von Säufer Ihsan, wenn sie hingeht, dann gehe ich auch mit.

Ich sagte der Frau von Säufer Ihsan Bescheid, aber sie wußte es schon. Am nächsten Tag trafen wir uns um 15 Uhr bei ihr, gingen in die Stadt. Mensch, Bruder Dolmetscher, ich wußte nicht, daß diese Stadt so schön ist. Ich schaute mich überall um, allein in die Stadt zu gehen ist für die mutigen Menschen. So viele Autos, Menschen, Straßen, man verirrt sich ja leicht in der Stadt, wenn man sich nicht auskennt und allein in die Stadt geht. Zum Glück hatte ich die Frau von Ihsan. Sie geht immer allein in die Stadt. Die Frau von Ihsan wußte zwar nicht, wo das Fotogeschäft liegt, aber sie sagte, es ist kein Problem, das Fotogeschäft liegt neben dem türkischen Kâbe, dann finden wir es leicht. Tatsächlich fanden wir das Fotogeschäft so leicht, als hätten wir es mit unseren Händen dahingestellt.

Wer dieser junge Türke war? Das weiß ich selbst nicht. Es gibt tausende solcher junger Türken in dieser Stadt. Was vor dem Fotogeschäft passiert ist? Waaas, das weiß der Herr deutsche Polizist nicht? Ja, dann kann ich ihm auch nicht helfen. Ich habe das Foto des Kindes nur kurz angeschaut, weil man mich wieder weggeschubst hat. Das Foto ist schön, aber auch wieder nicht so schön. Ich habe zu Hause bessere Fotos von meinen Kindern, wenn Du ein schönes Foto sehen willst, komme bei uns vorbei, wenn mein Mann aus dem Krankenhaus entlassen wird.

Bruder Dolmetscher, warum verhört ihr mich denn? Nur um zu wissen, was vor dem Fotogeschäft passiert ist? Dann meine ich, ihr verhört mich vergeblich. Und noch was, was ist dabei, wenn man als Türke in Deutschland das Foto eines Kindes ansehen will? Das geht mich nichts an, gut, es geht Euch auch nichts an, was ich vor dem Fotogeschäft gemacht habe. Ich habe genug Ärger, wenn mein Mann erfährt, daß ich allein in die Stadt gegangen bin, daß ich allein bei der deutschen Polizei war. Lassen Sie mich in Ruhe, ich will nach Hause gehen. Ich würde Ihnen empfehlen, Herr Dolmetscher, Sie gehen an die Arbeit, um Geld zu verdienen. Was haben Sie gesagt? Sie verdienen Ihr Geld mit dem Dolmetschen. Sie sitzen hier gemütlich, Sie bringen mich immer durcheinander und dafür bekommen Sie Geld? Das muß ich meinem Mann sagen, er soll auch dolmetschen. Wer bezahlt Sie, Herr Dolmetscher, ich, sind Sie verrückt, warum soll ich Ihnen Geld geben, und wo soll ich das Geld hernehmen. Sie sind nicht dicht. Entschuldigen Sie bitte, Herr Dolmetscher, so habe ich das nicht gemeint. Wirklich nicht. Wie käme ich dazu. Nein, nein.

Vor dem Fotogeschäft taten wir nichts. Den jungen Türken kann ich nicht wiedererkennen, weil ich ihm nie ins Gesicht geschaut habe. Eine mohammedanische Frau hat im Gesicht eines Fremden nichts zu suchen. Ich habe mit ihm genauso gesprochen, wie jetzt mit Ihnen. Ich habe immer auf den Boden geschaut. Die Menschen taten vor dem Fotogeschäft wirklich nichts. Ich auf jeden Fall nicht. Ich fühlte mich wie in einer Moschee, oder als ob ich meine Pilgerrunde um die Kâbe machte, langsam, in Demut, mein Kopf auf meiner Brust, meine Hände gefaltet vor dem Schoß, so ging ich an dem Foto des Kindes vorbei. Es waren tausende Türken, die genauso langsam gingen. Diejenigen, die das Foto schon gesehen hatten, wurden einfach nach vorne gedrängt, langsam, aber kräftig. Wenn sie was sagen wollten, machten sie ihren Mund langsam auf, murmelten etwas vor sich hin. Einiges bekam ich mit. „Laß mich mal auch sehen; Oh Allah ich danke Dir, ich Danke Dir tausendmal; Das ist das schönste Foto der ganzen Welt, er hat eine Adlernase wie der Eroberer von Istanbul, Fatih Sultan Mehmet; Nein, seine Nase ist wie Alis Nase, fein, sündenfrei, heilig; Die Augen sind wie Oliven, ich küsse diese Augen; Allah ist groß, Mohammed ist sein wahrer Phrophet."

Soll ich nur das erzählen, was ich gesehen habe? Das Kind erinnerte mich an mein Kleines in der Türkei. Ich wollte das Foto berühren, das Kind in die Arme nehmen. Ich war so dicht vor ihm. Eine Frau wollte ins Geschäft hinein. Sie redete lauter als die anderen. Sie wollte das gleiche tun wie ich. Sie wollte das Foto küssen, deshalb wollte sie den Besitzer fragen. Als jemand vom Geschäft schrie, ließ sie es sein, ging weiter.

Ich fragte die Frau von Ihsan, ob wir noch warten könnten,

bis alle Türken heimgegangen sind, damit ich das Foto besser sehen könnte. Sie sagte ja, so warteten wir. Als ich das Foto nochmals ansehen wollte, kam ein Mann in Uniform und brachte mich hierher. Was mache ich jetzt, wie soll ich denn nach Hause kommen. Die Adresse weiß ich nicht. Der Sparkasse gegenüber. Dieser Herr Polizist muß ja wissen, wo wir wohnen. Wenn Du mir zeigen kannst, Bruder Dolmetscher, wo die Sparkassen überall sind, dann kann ich meine Wohnung sofort finden. Es leuchtet nämlich eine Werbung vor der Sparkasse. Geld kann ich Dir nicht geben, weil ich keins habe. Erst übermorgen besuche ich meinen Mann im Krankenhaus, aber ich werde von ihm nur für mich bekommen.

* * *

Mein Name ist Ismail Türk, geboren am 29.7.1948, noch ledig, keine Adresse . . . Ich kenne Sie, Herr Dolmetscher, ich kenne Sie, aber woher? Lassen Sie mich überlegen, woher ich Sie kenne. Ja, jetzt weiß ich, sie waren schon dabei, als Abdullah Dertli verhaftet worden ist. Wissen Sie nicht mehr? Ich soll mich nur auf den Vorfall konzentrieren? Ich habe nie Konzentrationsschwierigkeiten. Danach können Sie im Café „Schwarzes Meer“ fragen. Der Besitzer, Ibo, der Kurde, wird Ihnen sagen, wie lange ich ohne Pause pokern kann. Natürlich mit Pinkelpause. Ab und zu trinke ich Whisky dazu, Whisky hält mich wach. Deswegen brauchen Sie sich keine Sorgen zu machen. Abdullah Dertli hatte Mahmut aus Adana erstochen wegen ein paar lumpiger Mark. Was wir alles wegen DM hinnehmen müssen? Abdullah war im Unrecht, wenn ich ehrlich sein soll. Er war wie ein Kater. Das Sprichwort kennen Sie schon. Der Kater bumst, aber schreien tut auch der Kater. Bis Sie gekommen sind, Herr Dolmetscher, konnten die deutschen Polizisten Abdullah aus seinem Versteck nicht herausholen. Oder waren Sie nicht derjenige? Doch. Ich habe recht. Das waren Sie, der so elegant angezogen war, und der sehr fein türkisch gesprochen hat. Einige Türken haben damals gemeint, Sie wären der rechte Arm der deutschen Polizei unter den Türken. Aber ich habe Ihnen gesagt, Sie müßten das tun, sonst tut es ein anderer.

Mit diesem Fotogeschäft habe ich eigentlich nichts zu tun. Meine Adresse . . .? Ich muß zuerst meine Adresse sagen . . . Adenauerstr. 3. Haben Sie gemerkt, Herr Dolmetscher, daß ich gleich meine ganzen Personalien angegeben habe? Das kommt davon, daß ich einige Male verhört worden bin. Aber das ist eine andere Geschichte.

Den Vater des Kindes, dessen Foto in dem deutschen Fotogeschäft ausgestellt war, kenne ich nicht persönlich. Mit solchen Türken möchte ich nichts zu tun haben. Er ist bestimmt auch einer von denen, die nach Deutschland wie ein Ochse gekommen sind, wie ein Ochse in Deutschland leben, und wie ein Ochse wieder in ihre Dörfer zurückkehren. Ich meine, wenn wir schon in Deutschland sind, müssen wir was sehen und lernen. Wenn wir in die Türkei zurückkehren, haben wir was in unserem Koffer. Was meinen Sie, Herr Dolmetscher? Geboren wo? Entschuldigen Sie bitte, Herr Dolmetscher, daß ich diese Kleinigkeit vergessen habe. Ich bin in Istanbul geboren. Nicht, daß ich mich lobe, aber ich bin einer von den wenigen echten Istanbulanern. Mein Vater behauptete, meine Urahnen wären mit Fatih Sultan Mehmet nach Istanbul gekommen. Das ist komisch, nicht wahr? Ha. Ha. Ha.

Woher kommen Sie, Herr Dolmetscher? Waaas? Wirklich? Ich habe das aber damals schon gemerkt. Diese Feinheit im Verhalten, diese Sprache, dieses Aussehen, und vor allem dieser Anstand, wer kann sowas heutzutage außer uns, den echten Istanbulanern. Kennen Sie das Café „Goldenes Horn“ im Galata. Schade. Da kennen mich alle.

Immer wenn ich beim Kartenspiel gewonnen hatte, spendierte ich allen Anwesenden etwas. Unter den Türken in Deutschland gibt es solchen Anstand leider nicht. Sie sind wie Deutsche geworden. Das merkt man am klarsten in den türkischen Cafès. Wenn einer gewonnen hat, haut er sofort mit der Beute ab, mit den Verlierern will er nichts zu tun haben.

Über dieses Foto kann ich nun nicht so viel erzählen, Herr Dolmetscher. Wirklich nicht. Da Sie aus Istanbul sind, hätte ich alles erzählt, aber . . . Ich versuche es doch.

Es war Abend, als wir gerade ein neues Spiel anfangen wollten, da kam ein Typ ins Café herein. Er fragte die jugoslawische Serviererin: „Hast Du das Foto gesehen?" Er fragte in türkisch, die Jugoslawin kann nicht Türkisch, außer einigen Schimpfwörtern. Sie antwortete: „Nix verstehen Türkisch, Du sprechen Deutsch." Der Typ kam direkt auf mich zu, und fragte mich: „Hast Du das Foto gesehen?" Ich dachte mir erst, noch einer, der nichts im Kopf hat, als seine eigenen Probleme. „Nein", sagte ich laut, nein, ich habe das Foto nicht gesehen." Dann fragte ich ihn, ob das Foto nackt ist? Er ging im Café von Mann zu Mann, fragte, „Hast Du das Foto gesehen?" Keiner im Cafè „Schwarzes Meer" hatte das Foto gesehen.

Ins Café „Schwarzes Meer" kommt fast jede Woche einer, dessen nächster Angehöriger gestorben ist. Da sammeln sie Geld, damit der Verstorbene nicht in Deutschland bleibt. Die Angehörigen glauben, daß der arme Mensch nicht ins Paradies kommen kann, wenn er nicht in die Türkei überführt wird. Jeder Türke weiß, daß er, wenn er gestorben ist, mehr Wert gewinnt. Die Überführungskosten sind so hoch, daß man das Geld allein nicht zusammenbringt.

Diesen Typ schätzte ich auch so ein. Daß er ein Verbrecher

ist, erfuhr ich erst hier, Herr Dolmetscher, von Ihnen. Er kündigte aus vollem Hals an, daß das Foto eines türkischen Kindes seit vorgestern in einem deutschen Fotogeschäft ausgestellt sei, daß morgen nachmittag – also gestern – vor dem Fotogeschäft eine große türkische Versammlung stattfände, um das zu feiern. Am Ende seiner Ankündigung sagte er, wie ein türkischer General, der nichts anderes hat, als seine Stimme und seine Sterne, daß jeder, in dessen Adern türkisches Blut fließt, in diese Versammlung kommen müsse. Er schrieb die Adresse des Fotogeschäftes auf und war weg, bevor wir ihn noch etwas hätten fragen können.

Im Café wurde gleich beschlossen, daß wir alle morgen nachmittag – also gestern – hingehen. Wir sind ja schließlich nicht weniger „Türke" als dieser Typ. Das ist wahr, Herr Dolmetscher, es ist das erste Mal überhaupt, daß das Foto eines Türken im Schaufenster eines deutschen Fotogeschäftes ausgestellt wurde. Ich habe in mehr als 20 Betrieben in Deutschland gearbeitet, in Städten und in Dörfern. Weder habe ich gehört, noch habe ich je gesehen, daß das Foto eines Türken in einem deutschen Geschäft ausgestellt worden ist. Jedesmal, wenn ich an irgendeinem Fotogeschäft vorbeigegangen bin, habe ich mich gefragt, warum wir nicht dabei sind? Warum, zum Teufel wollen die Deutschen uns nicht sehen? Sie, Herr Dolmetscher, kennen viele Deutsche. Können Sie mir bitte sagen, warum tun die Deutschen so, als lebten wir nicht in Deutschland? Sie können es auch nicht sagen. Schade.

Am besagten Nachmittag um 15 Uhr war ich vor dem Fotogeschäft. Ich stand solange vor dem Foto des türkischen Kindes, bis ich von einer Verkäuferin gefragt wurde, was ich eigentlich wolle.

Was passiert ist? Nichts ist da vor dem Fotogeschäft passiert. Wir versammelten uns ganz ruhig vor dem Foto. Wir taten keinem Deutschen weh. Wie könnten wir denn? Der Verkehr sei behindert gewesen. Kein Wunder, wenn die Omas, die Babys, die Väter, die Mütter, Onkel, Tante, Schwager, Schwägerinnen gekommen sind, daß der Verkehr nicht wie gewöhnlich fließt. Nur Sie fehlten da, Herr Dolmetscher. Wir, die Türken der Stadt, waren alle mit einem Herzen da. Mein Herz klopfte auch mit den Herzen von denen, die aus dem hintersten Winkel Anatoliens hierher gekommen sind, die nicht mal gelernt haben, wie man sich als zivilisierter Mensch benimmt. Sie haben ein bißchen Wirbel gemacht, die Hadschıs und Hodschas, meine ich. Sie beteten vor dem Geschäft. Was soll's. Wenn man beten will, kann man zu Hause oder in der Moschee beten. Jeder Deutsche hat Angst, daß die Mohammedaner ganz Deutschland besetzen, und was machen unsere Hadschıs und Hodschas? Sie beten, obwohl man Bilder nicht anbeten darf. Das steht im Koran. Vor einem Bild darf man nicht beten.

Das Foto hat mir sehr gut gefallen. Unser Kind war das einzige im ganzen Schaufenster, das man überhaupt anschauen konnte. Die anderen waren Deutsche, die alle gleich aussehen. Das Kleine auf dem Foto erinnerte mich an meinen Neffen. Mensch, der war auch sehr süß. Ich habe ihn seit 4 Jahren nicht gesehen. Warum? Weil ich nicht in die Türkei gehen kann? Nicht wegen der Politik. Ich finde Politik blöd. Ich habe nie Geld. Ich nehme mir immer vor, morgen spiele ich nicht mehr, aber ich spiele weiter.

Was mich beim Fotoanschauen am meisten gestört hat, ist, daß wir von den deutschen Polizisten umringt wurden. Ja, das war viel, daß sich tausende Türken plötzlich vor einem Fotogeschäft sehen ließen. Ja, es war nicht gut, daß wir die Einbahnstraße versperrt haben. Trotz allem war Polizei unnötig, von unserer Seite. Ich weiß nicht, wie sie erfahren hatten, daß tausende Türken sich versammelten. Es ging so schnell. So plötzlich wie die Türken kamen, kam auch die Polizei. Als ich, Zigarette im Mundwinkel, Gebetsschnur in der linken Hand auf der Hauptstraße sachte auf und ab ging, mir die deutschen Frauen anschaute, war weder ein Türke vor dem Geschäft noch ein Polizist. Das war 14.30. Die deutschen Frauen mit ihren männerhaften Gesichtern, kühlen Augen, offenen Blusenknöpfen, lockeren Busen und schwankenden Hüften gingen vor uns her und wir waren ruhig.

Um 15.30 kamen die Türken aus allen Himmelsrichtungen. Sie kamen zu Fuß, sie kamen mit städtischen Bussen, sie kamen mit ihren Ford-Transits, VW-Bussen, sie kamen mit ihren Autos: Ford, Opel, einige mit VW. Blitzfahrer Turan kam mit seiner weltbekannten alten Karre, auf deren Gaspedal er einen Ziegelstein gelegt hatte, als er vor zwei Jahren in die Türkei gefahren ist, damit er zügig fahren kann und damit sein rechtes Bein geschont wird. Die Frauen kamen mit Kopftuch und in Röcke-Hosen. So kamen nicht etwa zwei Türken, oder zwanzig Türken, oder zweihundert Türken. Die Türken tauchten auf wie Pilze vor dem Fotogeschäft. Selbst ich bekam Angst. Sie surrten wie die Bienen, leise und fromm. Sie hörten nichts, sie sahen nichts. Daß sie die Straße blockierten, juckte sie nicht. Sie dachten nur an das Foto. Sonst schien sie nichts mehr zu interessieren. Die Deutschen, die durch diese Straße nach Hause mußten, konnten keinen Meter mehr fahren. Sie schrien, sie hupten, sie trampelten auf der Straße vor Wut. Die Hodschas riefen: „Allah ist groß, Mohammed ist sein Prophet“, die Frauen weinten, die Babys heulten.

Die Polizei habe ich kommen sehen. Ich wollte gleich abhauen, ich will mit der Polizei nichts zu tun haben. Als ich letztes Mal beim Pokern erwischt wurde, sagte mir Kommissar Müller: „Noch ein Mal, dann Du fort aus Deutschland." Deswegen wollte ich nichts wie weg. Aber wohin denn . . .? Überall Polizeimauer. Verschiedene Polizisten; in Uniform, in Zivil, mit Hunden, mit Autos. Vorne, hinten, unten, oben war Polizei. Einige Polizisten halfen dem Roten Kreuz und der Feuerwehr bei der Evakuierung.

Ich sah einen Mann in Uniform. Er gab mit rotem Gesicht Befehle. Er schien mir sehr aufgeregt. Ich wollte ihn beruhigen. Ich sagte ihm: „Du haben Foto gesehen?" Dabei bin ich verhaftet worden. Ich weiß nicht warum.

* * *

Bruder Dolmetscher, werde ich jetzt abgeschoben? Ist es wahr, daß ich nicht mehr in Deutschland arbeiten darf? Du verstehst seine Sprache, Du weißt, wie er reagiert, sage ihm, bitte, er darf mich nicht abschieben. Mein Name ist Ali Uzun, geboren Januar 1948. Ich bin verheiratet, fünf Kinder habe ich, sie sind alle in der Türkei. Ich wohne in dem Wohnheim meiner Firma. Wir sind zu viert in einem Zimmer. Jeder zahlt 100 DM. Ich bin zufrieden. Mit allen Deutschen bin ich zufrieden. Was meinen Sie, Herr Dolmetscher, werde ich rausgeschmissen? Sie wissen nicht? . . . Fragen Sie, bitte, Herr Dolmetscher, ich küsse Ihre Füße. ‚Du Polizei – mich nicht wegschicken, ich fünf Kinder.' Sie haben recht, Herr Dolmetscher, ich erzähle Ihnen in türkisch, Sie erzählen dann dem sehr geehrten Kommissar in deutsch. Ich bitte Sie, nochmals, übersetzen Sie ihm nicht so grob, sonst wird er gleich böse, und schickt mich in die Türkei. Der Herr Kommissar sieht sehr gut aus, er ist auch nett, glaube ich. Das kannst Du ihm übersetzen, Bruder Dolmetscher.

Ich soll keinen Quatsch erzählen, jawohl, ich erzähle dann keinen Quatsch mehr. Was ich getan habe? Ich habe, kurz gesagt, Bruder Dolmetscher, nichts getan. Allah sei mein

Zeuge. Soll ich von vorne anfangen. Deine Wünsche seien mir Befehl, Bruder Dolmetscher, auch Du bist mir sehr sympathisch, ehrlich.

Ahmet kam in den Betrieb, und fragte mich: „Hast Du das Foto gesehen?“ Ich antwortete ihm nein. Er fragte mich nochmal: „Hast Du das Foto wirklich nicht gesehen?“ Daraufhin fragte ich ihn: „Wessen Foto?“ Er sagte: „Das Foto meines Kindes.“ Aber wie er gesagt hat, so, als ob er die kleinen Berge der Welt selbst geschaffen habe. Er erzählte mir, daß das Foto seines Kindes in dem Schaufenster eines deutschen Fotogeschäftes ausgestellt worden sei. Wo dieses Fotogeschäft liegt, wie das Foto seines Kindes ausgestellt worden ist, wie stolz er auf seinen Sohn ist usw., usw. . . . Ich glaubte ihm nicht, weil er jeden Tag was anderes über seinen Sohn erzählte. Warum ich ihm am Anfang nicht geglaubt habe? Soviel ich weiß, Bruder Dolmetscher, wurde noch nie ein Foto von einem Türken im Schaufenster eines deutschen Fotogeschäftes ausgestellt. Wenn wir in ein Fotogeschäft gegangen sind, haben wir nur Fotos von Deutschen gesehen, nur von Deutschen. In der Altstadt war mal ein Fotogeschäft, dessen Besitzer wir, die Türken, reich gemacht haben. Er ist jetzt weg aus der Altstadt, wie ich gehört habe, ist er jetzt in einer Großstadt. Er hat uns mal gesagt: „Fotografiert werden sollt ihr, aber ausgestellt werden dürft ihr nicht, weil die Deutschen in ihrem Land nur sich selbst sehen wollen. Würde ich in meinem Geschäft das Foto eines Türken ausstellen und der Deutsche sähe es, würde er daran erinnert, daß die Türken immer noch in Deutschland leben. Arbeiten könnt ihr in Deutschland, aber leben nicht.“

Ahmet hätte noch mehr erzählt, wenn unser Meister uns nicht angeschrien hätte: „Sprechen könnt ihr in Anatolien, ihr Schäfer, in Deutschland arbeiten . . .“

Nach der Arbeit gingen Ahmet und ich an dem Fotogeschäft vorbei und schauten uns das Foto an. In meinem Innern spürte ich etwas Warmes, was mich zum Weinen brachte. Ich dachte an meine Kinder, die tausende Kilometer weit weg von mir leben. Ich wollte schon immer meine Kinder hierher bringen. Am Anfang habe ich mir sagen lassen, wenn ich meine Kinder nach Deutschland brächte, könnte ich nicht sparen. Jetzt will ich sie bei mir haben, aber ich finde keine Wohnung. Alle Deutschen wollen mir helfen. Viele haben mir gesagt: Ja, wenn Sie zwei oder drei Kinder hätten, würde ich Ihnen meine Wohnung sofort geben." Weißt Du, Bruder Dolmetscher, die Deutschen spielen mit uns wie Katz und Maus. Wenn ich zwei oder drei Kinder hätte, dann würden sie mir sagen, hätte ich ein Kind gehabt, dann hätte ich die Wohnung bekommen.

Sage dem Kommissar, noch fünf Jahre, dann ist endgültig Schluß. Nur noch fünf Jahre. Vor einigen Jahren habe ich ein Grundstück gekauft, drüben in der Türkei. Wenn ich genug Geld gespart habe, um ein Haus zu bauen, dann, Allah ist mein Zeuge, dann gehe ich weg. Mein Haus werde ich so bauen wie die Häuser in Deutschland, weil ich die Deutschen sehr geliebt habe. Ein Andenken muß ich ja aus Deutschland mitnehmen, mein Andenken aus Deutschland wäre dann mein Haus. Die Haushaltsgeräte werde ich auch aus Deutschland mitnehmen. Wenn der Herr Kommissar mal in die Türkei kommt, dann ist er herzlich eingeladen. Er wird sich bestimmt nicht fremd fühlen. Wenn er mich jetzt hinausschmeißt, dann werde ich weder bauen noch die Haushaltsgeräte aus Deutschland mitnehmen können. Ich habe auch einige Schafe, die auf dem Grundstück weiden.

Unter uns gesagt, Bruder Dolmetscher, ich gebe Dir alles, was ich jetzt bei mir habe, wenn Du verhinderst, daß dieser deutsche Polizist mich hinausschmeißt. Herr Dolmetscher, das ist keine Bestechung, um Allahs Willen, verstehen Sie mich, bitte, nicht falsch. Sie tun etwas für mich, ich tue etwas für Sie. Es ist ja gut, ich werde nicht mehr davon reden.

Also gratulierte ich Ahmet unterwegs. Ich ging dann in mein Wohnheim. Da erzählte ich den anderen, was ich gesehen habe. Sie glaubten mir erst nicht, aber dann fuhren sie doch hin. Nachdem sie zurückgekommen waren, und die Neuigkeit sich von Wohnheim zu Wohnheim verbreitet hatte, wurde gefeiert. Alle Bewohner erfuhren, wo das Foto des türkischen Kindes ausgestellt war. Die Griechen und die Jugoslawen feierten auch mit. Warum nicht? Sie sind genauso arme Hunde wie wir.

Am nächsten Abend hörte ich, was vor dem Fotogeschäft passiert war. Ismet, der Fromme, war außer sich, er predigte jedem, der ihm über den Weg lief, daß er vor einigen Monate schon davon geträumt hätte, daß in seinem Traum von einer heiligen Stimme verkündet worden wäre, daß ein Baby, natürlich ein mohammedanisches Baby, mit Kerzen beschmückt, von Mohammed gesegnet, nach Deutschland, in diese Stadt kommen würde. Ismet, dem Frommen wurde befohlen, daß er sich um das Baby kümmern müsse, damit dem Kind von den Christen nichts angetan würde.

Ismet, den Frommen, nimmt keiner ernst. Jede Nacht träumt er entweder von Mohammed, oder von einem anderen Heiligen. Bei jedem Unheil behauptet er, er hätte vor einiger Zeit davon geträumt. Er ist zu kurz mit dem Verstand.

Ich bringe alles durcheinander. Glaube mir, bitte, Bruder Dolmetscher, nicht mit Absicht. Ich habe Angst davor, daß ich abgeschoben werde. Übersetze das dem sehr geehrten Herrn Polizisten nicht. Mein Herz platzt vor Angst. Warum soll ich Dir das nicht sagen, Du bist auch einer von uns, auch dann, wenn Du zu dem deutschen Polizisten gute Beziehungen hast. Du verstehst mich bestimmt.

Ob ich ins Fotogeschäft gegangen bin? Nein. Ich habe gestern gearbeitet, wie immer. Der Herr Polizist kann ja bei meinem Meister nachfragen. Ich bin zwar eine Stunde früher gegangen, aber ich war nicht bei diesem Vorfall, ich mußte zum Arzt. Das kann ich nicht beweisen, weil der Arzt nicht in seiner Praxis war. Mittwoch nachmittags hat er frei. Das habe ich nicht gewußt, Allah sei mein Zeuge. Seit ich in dieser Stadt bin, gehe ich zu diesem Arzt, weil er ein bißchen Türkisch kann. Nein, ich bin das erste Mal am Mittwoch nachmittag zu ihm gegangen. Hätte ich Bescheid gewußt, wäre ich nicht hingegangen. Ich habe den Betrieb um 15.15 Uhr verlassen. Daß der Vorfall um 15.30 Uhr passiert ist, habe ich später erfahren.

Mein Meister kann es bestätigen, daß ich ab und zu starke Magenschmerzen bekomme. Er sagt mir, ich solle anständig essen, nicht so viel sparen. Er hat's gut. Wenn er heimkommt, hat seine Frau schon für ihn gekocht. Ich muß aber alles selber machen; kochen, waschen, spülen, flicken . . . usw. Du kennst das ja. Du kennst das nicht? Jetzt weißt Du es aber. Ich bin nicht frech. Ich erzähle nur davon, was ich nach der Arbeit alles selbst machen muß. Es interessiert Sie nicht, Herr Dolmetscher? Schade.

Ich kann nicht beweisen, daß ich bei dem Vorfall nicht dabei war. Aber es ist so. Ich war nicht dabei. Ich bin gleich heimgegangen. Es war niemand mehr in dem Wohnheim, wie leergefegt war es. Nein, auch kein Grieche oder Jugoslawe. Der Heimleiter muß mich gesehen haben. Ich bin an ihm vorbeigegangen. Ich habe ihn nicht gegrüßt, weil ich immer noch starke Magenschmerzen hatte. Jetzt? Was jetzt? Magenschmerzen? Im Moment nicht.

Wo soll ich jetzt hin? In U-Haft? Warum? Ich habe nichts getan. Ich habe nur das getan, was mir Ahmet gesagt hat. Allah schenke Dir ein langes Leben, Bruder Dolmetscher, Allah sei mit Dir, ich habe nichts getan. Ich habe lediglich im Wohnheim erzählt, wie schön das Foto von Ahmets Kind in dem deutschen Schaufenster aussieht. Das war alles. Sage dem Polizisten, daß ich unschuldig bin. Rette mich, Bruder Dolmetscher, laß mich nicht in U-Haft bringen, ich küsse Dir die Hände, die Füße. Ich habe nichts getan, ich habe nichts, ich habe . . .

Ein Türkenbub schreibt einen Brief an Onkel Goethe

Lieber Onkel Goethe,

wie geht's Dir? Ich bete zu Allah, daß es Dir gut geht. Ich schicke Dir tausend herzliche Grüße und küsse Dir die Hand. Wenn Du mich fragst, wie es mir geht – ich kann mich nicht beklagen. Deutschland ist wunderbar, die Deutschen sind nett zu mir, insbesondere die Kinder sind zu mir sehr freundlich. Wenn Du mich fragst wie es meiner Schweister Züleyha geht: nicht schlecht, es geht ihr hier auf alle Fälle besser als in der Türkei. Sie kann immer noch nicht ihre Schuhe selbst anziehen. Sie macht ab und zu noch in die Hose, aber sie ist von Deutschland und von den Kindern genauso begeistert wie ich. Du willst bestimmt wissen, wie es meiner Mutter in Deutschland geht. Ihr geht es auch ganz gut. Sie freut sich, daß sie nicht jeden Tag aufs Feld gehen muß. Sie ist eine feine Dame geworden. Wie es meinem Vater geht, weiß ich nicht. Wenn Du wissen willst, wie es ihm geht, dann mußt Du seinen Meister fragen. Ich weiß nicht, wo der Herr Meister wohnt.

Onkel Goethe, wenn Du Zeit und Lust hast, kann ich Dir erzählen, wie wir nach Deutschland gekommen sind. Hast Du Zeit? Ja.

Unser neuer Lehrer in der Türkei warnte uns vorher, daß die deutschen Kinder ganz wild auf die türkischen Kinder sind, aber weder ich noch meine Schwester Züleyha schenkten ihm Glauben. So kamen wir in Deutschland mit leeren Händen an, kein Geschenk, kein Souvenir, nichts.

Das war eine Blamage für uns, als wir über die Grenze nach Deutschland hineinfuhren, und die deutschen Kinder – Tausende von Kindern – sahen. Meine Mutter fragte meinen Vater, wohin er die Geschenke für die deutschen Kinder gesteckt habe? Mein Vater fragte mich: „Wo sind die Geschenke?“ Ich fragte Züleyha, Züleyha fragte meine Mutter. Mein Vater sagte: Wenn die deutschen Kinder nach Geschenken fragen, dann fahren wir schnell durch, ohne sie anzusehen. Zum Glück fragte kein einziges deutsches Kind danach. Sie standen am Straßenrand, und schrien vor Begeisterung, weil wir endlich angekommen waren. Einige hundert Kinder ließen ihren Tränen freien Lauf. Ich konnte damals noch nicht Deutsch lesen, mein Vater las uns vor, was auf den Spruchbändern stand: „Yahya wird von seinem Namensbruder Johann herzlich willkommen geheißen.“ „Züleyha, das schönste Mädchen des Orients, ist endlich in Deutschland.“ „Wir sind ganz wild auf Euch.“ „Züleyha, laß Dich umarmen und küssen.“ Die Kinder wollten uns beiden die Hände schütteln, uns Küsse geben. Daß aber einige hundert Kinder Züleyha küssen wollten, damit war mein Vater nicht einverstanden. Aber ich küßte viele deutsche Mädchen. Was glaubst Du, Onkel Goethe, ich bin schließlich ein Mann. Du verstehst mich schon, oder . . .?

An der Grenze standen die deutschen Polizisten mit ihren frischen Uniformen, verbeugten sich höflich vor uns, und fragten meinen Vater, ob er das Leben seiner beiden Kinder in Deutschland gesichert sieht. Mein Vater verbeugte sich auch sehr höflich, wie es sich geziemt, und gab die einzige Antwort, die man den deutschen Polizisten geben kann: „Jawohl.“

Wieviel Spielzeug wir in den ersten Minuten bekamen . . .? Wenn mein Vater uns nicht gewarnt hätte! Sein Auto war zwar das schönste und stärkste Auto in ganz Deutschland –

aber zuviel ist zuviel – auch für ein so starkes Auto. Da sprangen einige hundert Kinder auf, gingen zu ihren Eltern, die hinter den Kindern standen, baten sie, uns beim Geschenketragen zu helfen. Hier muß ich Dir mit Bedauern sagen, daß selbst, wenn die Eltern uns geholfen hätten, wir nicht alle Geschenke hätten mitnehmen können. Ich muß mich vor Dir, Onkel Goethe, statt vor den Kindern entschuldigen, daß wir leider nicht alles, was uns an dem Tag angeboten wurde, mitnehmen konnten. Es waren Berge von Süßigkeiten, hundert Schiffe voll Spielzeug. Das ist aber noch nicht alles. Wo auch immer wir ankamen, warteten die Kinder schon auf uns. Meine Mutter und Züleyha fingen an zu weinen. Meine Mutter sagte, sie könne in diesem freundlichen Land nicht leben. Sie wolle wieder zurück. Züleyha weinte auch. Warum? Das weiß sie selbst nicht. Wenn sie Mutter weinen sieht, glaubt sie, sie muß mitweinen. Sogar mein Vater wurde kurz nachdenklich. Aber dann sagte er: „Nein, wir fahren weiter in dieses schöne Land."

In der Stadt, in deren Nähe wir seitdem wohnen, waren alle Menschen schon auf den Beinen. Einige Musikkapellen spielten, die Kirchenglocken läuteten, die Menschen sangen, die Autos hupten, die Vögel zwitscherten, die Kühe muhten. Bis zu unserer Haustür wurden wir von Musikkapellen, Fanfaren und von den Menschen begleitet. Die Pfarrer der Kirchen entschuldigten sich, daß die Kirchenglocken nicht mit uns kommen könnten, aber dafür kämen die Knabenchöre sämtlicher Kirchen der Stadt mit. Mein Vater streckte seine Hand aus, begrüßte die Leute, und sagte uns, wir sollten das gleiche tun, damit die Deutschen nicht meinen, wir Türken seien hochnäsig. Wir streckten auch unsere Hände aus, begrüßten die Deutschen freundlich. Vor unserer Wohnung standen scharenweise Kinder, hinter ihnen ihre Eltern mit Süßigkeiten, Spielzeug, Anzügen und Kleidern, obwohl es in Strömen goß, und viele Kinder zitterten – ob vor Kälte oder vor Begeisterung, kann ich Dir, Onkel Goethe, nicht sagen. Mein Vater hatte schon ein Schloß für uns gemietet, ein echtes Schloß. Der elfte Urgroßvater des Besitzers hat sogar mit dem Prinzen Eugen gegen die Türken gekämpft. Seine Liebe zu den Türken hat also eine lange Tradition. Wieviele Zimmer dieses Schloß hat, weiß ich noch nicht, weil es drin sehr dunkel ist. Unser Schloß hat nämlich nur zwei Fenster, durch die sehr wenig Sonnenschein hereinkommt. Der Schloßbesitzer, Herr Faller, meint, wir könnten unseren Sonnenbedarf ja in der Türkei nachholen. Stell Dir vor, Onkel Goethe, unser Schloß hat Strom, zwar nur in der Küche, in einem Flur und in unserem gemeinsamen Familienschlafzimmer, aber Strom ist schließlich Strom. Was mir am Strom gefällt, ist, daß man mit einem Knopfdruck die Sonne ins Zimmer hereinholt. Dann wird sogar unser Schloß heller. Herr Faller meinte, er könnte überall in der Wohnung Stromleitungen legen lassen, aber bei den Gastarbeitern wisse man ja nicht, ob sie überhaupt „stromfreundlich“ sind. Und noch dazu müssen die Gastarbeiter sparen, worauf mein Vater sich herzlich für sein „Einfühlungsvermögen“ bedankte. Über das fließende Wasser in der Küche meinte Herr Faller, er hätte die Leitung mit seinen eigenen Händen gelegt, weil er dachte, auch die Gastarbeiter müßten ein bißchen Luxus haben, obwohl sie dabei viel Geld verschwendeten – worauf meine Mutter sich gekränkt fühlte. Sie fühlte sich durch Herrn Fallers freundliche Bemerkung beleidigt. Sie hätte dreißig Jahre lang in ihrem Dorf aus einigen Kilometern Entfernung Wasser herangetragen, das könne sie auch weitere dreißig Jahre tun. Mein Vater sagte: „Halt die Klappe, Weib, sonst . . .“

In der ersten Nacht, als ich aufs Klo ging, stolperte ich unterwegs über irgendwas. Ich erschrak, weil es etwas Lebendiges war, und ging schnell zu meinem Vater. Er zündete eine Kerze an, und wir eilten raus, um das fremde

Lebewesen zu erwischen. Ich konnte nichts sehen, aber mein Vater meinte, es sei nichts Schlimmes sondern nur eine Hausmaus, sie wollte mich auch begrüßen. Ist das nicht toll, Onkel Goethe, daß mir sogar eine deutsche Maus „Herzlich Willkommen" sagt?

Am nächsten Tag kam der Herr Hausbesitzer Faller, um uns zu fragen, ob wir die erste Nacht in seinem ehemaligen Saustall gut geschlafen hätten. Mein Vater antwortete höflich: „Wir haben sehr gut geschlafen, von dem Schweinegeruch haben wir nichts gemerkt." Herr Faller sagte: „Gewohnheit, Gewohnheit." Daß er sich am frühen Morgen über unseren Schlaf Sorgen machte, finde ich einfach menschlich.

Vor unserem Schloß ist ein schmaler Weg, an dessen Ende – weit, weit weg – ein deutsches Istanbul mit schönen Häusern liegt. Es war ein herrlicher Augusttag, die Sonne schien, und die Gesichter der Kinder, die draußen auf mich warteten, waren neugierig, aber doch freundlich. Die ersten Schritte nach draußen, in die deutsche Welt, waren schwer, weil die Sonne und die vor Freundlichkeit glänzenden Gesichter der Kinder mich blendeten. Wenn meine Mutter mich nicht hinausgeschubst hätte, hätte ich nicht gewagt hinauszugehen.

Wir wurden schon in der ersten Minute Freunde, denn ich hatte keine Sprachschwierigkeiten, da mein Vater, wenn er auf Urlaub in der Türkei war, immer deutsch mit mir gesprochen hat. Die Kinder nahmen mich in ihre Mitte, damit sie mir besser zuhören konnten. Wir erzählten den ganzen Tag. Ich erzählte meinen deutschen Freunden, womit wir in der Türkei gespielt hatten. Daß ich das beste und schnellste Wassermelonenauto im Dorf hatte, glaubten sie mir nicht. Nicht, daß sie dachten, ich lüge, sondern sie hatten noch nie etwas von einem Wassermelonenauto gehört. Dann mußte ich ihnen geduldig erklären, was ein Wassermelonenauto ist, wie es gebaut wird, und wie schnell so ein Auto fahren kann. Um ein Wassermelonenauto bauen zu können, darf man die Wassermelone nicht wie üblich scheibenweise essen, sondern man muß sie oben aufmachen und die saftige Frucht herausschneiden. – Das macht in unserem Dorf am besten mein Onkel Hakkı. Er hat oft an Wassermelonenwettbewerben teilgenommen und viele Preise heimgeholt. Wenn man die Frucht herausgenommen hat, steckt man eine Schnur hinein, die gut mit Wachs geschmiert sein muß, und knotet sie im Inneren der Schale fest. Danach kann man mit dem Räderbau aus Kartoffeln anfangen. Je nach Größe der Wassermelone kann man zwei, oder auch vier Räder befestigen. Wenn man aber einen tüchtigen Onkel wie den meinen hat, kann man selbstverständlich auch sechs Räder anbringen, doch das ist ganz selten. Ja, selbst ich hatte nur einmal ein Wassermelonenauto mit sechs Rädern, das ist Jahre her, damals war ich erst sechs Jahre alt und gerade beschnitten. Mit meinem Sechs-Räder-Wassermelonenauto konnte ich eine Tonne Sand vom Bach bis zu unserer Wohnung fahren, das sind 250 Schritte Entfernung.

Den Kindern versprach ich, daß ich ihnen nächstes Jahr, wenn wir auf Urlaub in die Türkei fahren, die größten Wassermelonen mitbringe und davon jedem ein Auto baue.

Ich erzählte auch, wie ich im Dorf mit dem deutschen Polizeiauto gespielt hatte. Onkel Goethe, als die Kinder hörten, daß ich im Dorf ein deutsches Polizeiauto gehabt habe, waren sie baff. Mein Vater hat mir aus Deutschland ein solches Auto als Geschenk mitgebracht. Wenn ich mit dem Auto gespielt habe, waren alle Kinder hinter mir her. Die älteren Leute, die in ihrem Leben vieles gesehen haben, waren genauso begeistert. smail Dede spielte auch ein bißchen. Er hätte bestimmt gern weiter gespielt, aber ich habe ihm das Auto weggenommen. So was erfinden nur die Deutschen, sagte er. Mein Vater war schon weg, als mein deutsches Auto kein Ta-tü mehr machte. Niemand hat gewußt, wie man dieses Auto wieder in Gang bringt, und warum ein deutsches Auto plötzlich keinen Mucks mehr macht. Einige ältere Leute sagten, man muß dem Auto Benzin geben. Andere sprachen dagegen, und behaupteten, die deutschen Autos bräuchten kein Benzin, sondern strenge Befehle. Die Kinder hatten eine andere Meinung. Einige freuten sich, daß mein Auto nicht mehr fahren konnte. Andere Kinder gaben mir Ratschläge. Yusuf, mein Neffe, meinte, dem Auto muß man ein bißchen Heu geben. Meine Oma behauptete, wenn sie aus dem Koran was lese, würde das deutsche Auto wieder fahren. Aber es fuhr nicht, bis der Lehrer aus der Stadt zurückkam. Er schaute sich das Auto an und sagte, es braucht nur eine Batterie. Wo hätten wir denn in unserem Dorf eine Batterie finden sollen? Ich schrieb meinem Vater nach Deutschland, er solle mir bitte eine mitbringen. Er antwortete mir, wenn ich nach Deutschland käme, könnte ich so viele Autos haben, wie ich mir wünschte.

Am zweiten Tag hat es erst richtig angefangen, Onkel Goethe, unser Leben in Deutschland. Jeden Tag kommt ein anderes Kind mit seinen Eltern zu uns und lädt mich zu sich ein. Wenn ich nicht hingehe, ist es beleidigt, wenn ich hingehe, ist meine Mutter beleidigt, denn sie und Züleyha und die Mäuse bleiben in unserem Schloß allein. Mein Vater geht nach der Arbeit immer in das türkische Café. Wenn die Eltern der Kinder mich sehen, wie ich laufe, dann sagen sie: „Schau mal den türkischen Bengel an, der läuft so schnell wie ein Hase!“ Natürlich hat sich die Zahl der vor unserem Schloßtor wartenden Kinder mittlerweile verringert, was ich bedauere. Jedoch erlebe ich jeden Tag, daß die deutschen Kinder sich meinetwegen schlagen, weil eines sagt: „Yahya kommt zu mir“, wogegen das andere behauptet, ich hätte versprochen, zu ihm zu kommen. Ich schaue ihnen durch das Fenster zu; wenn ich hinausgehe, dann muß ich Streit schlichten. Das tue ich nicht gern, seitdem ich von der Mutter eines Kindes heftig und unzärtlich gestreichelt worden bin. Sie hat mich dabei angebrüllt: „Du Türkenschurke, seit Du da bist, hat mein Liebling keine Ruhe mehr." Obwohl ich dreimal hintereinander bei diesem Kind zum Essen war, sollte ich am vierten Tag auch noch kommen. *Die Deutschen haben die Eigenart, daß sie nichts annehmen können, wie man's ihnen gibt; reicht man ihnen den Stiel des Messers zu, so finden sie ihn nicht scharf, bietet man ihnen die Spitze, schreien sie über Verletzung.* Was ist mit den anderen Kindern, ha, Onkel Goethe, was soll aus den Einladungen der anderen Kinder werden, wenn ich mich nur bei einem Kind aufhalte?

Wenn ich in die Schule gehe – habe ich Dir nicht geschrieben, Onkel Goethe, daß ich in Deutschland die Schule besuche? Nein . . .? Jetzt weißt Du es. Wenn ich in die Schule gehe, dann muß ich einen großen Umweg machen. Ich muß einen Weg gehen, auf dem mich niemand erwartet, weil die Kinder meinetwegen auch auf dem Schulweg Krach machen. Sie wollen mich bis zur Schule auf ihren Schultern tragen, was ich nicht verantworten kann, da es unter den Kindern auch einige gibt, die zwar zu klein sind um mich tragen zu können, mich aber unbedingt tragen wollen. Ich möchte ihnen kein Unrecht tun, ich mag sie genauso wie die großen Kinder.

Der erste Tag in der Schule war überwältigend. Hätte ich mich nicht geschämt, dann hätte ich geweint. Aber ein Mann weint nicht. Als ich ganz allein den Schulhof betrat, kam mir ein Schüler entgegen, gab mir Blumen und hielt eine Rede, die ich vor Aufregung nicht verstand. An dem Mast vor der Schule flatterten zwei Fahnen, die türkische und die deutsche, so brüderlich wie Yahya und Johann. Die

Kinder waren im Schulhof versammelt, der Rektor der Schule hielt auch eine Rede, wie wichtig es für die deutschen Kinder sei, daß es auf dieser Schule ab heute auch einen türkischen Jungen gibt. Dadurch könnten die Kinder ihre Schlagfertigkeit auf die Probe stellen, beim Arschtreten Sicherheit gewinnen und ihren Wortschatz bereichern: Kanacke, Batschakke, Kameltreiber, Kümmelfresser, Knobietürke, das sei besonders für die Erstklässler lebenswichtig.

In der Klasse stand schon ein Stuhl für mich, mit weichem Polster, der vom ersten Tag an „Türkenthron“ genannt wurde. Man hat den Stuhl deshalb weich polstern lassen, weil ich ein hochaufgeschossener Junge bin und kein Fett am Po habe. Ich könnte ja sonst Druckstellen bekommen. Mein Lehrer, Herr Börne, zeigte mir meinen Platz persönlich. Den anderen Kindern sagte er, jeder kann sich dahin setzen, wo es ihm am besten gefällt. Er meinte, er könnte mir auch vorne einen Platz geben, das sei kein Problem, ich könnte ja meinen Türkenthron allein nach vorne schieben, aber es wäre für mich und auch für ihn sicherer, wenn ich mich ganz nach hinten setze, mit dem Rücken an die Wand, in zwei Meter Entfernung vom nächsten deutschen Kind, da er im Unterricht nur unterrichten wolle und keine Aufpasserrolle übernehmen könne: ich hätte wohl schon erfahren, wie wild deutsche Kinder auf die türkischen sind. Es könnte sein, daß, wenn ich vorne sitze, die deutschen Kinder mich von hinten streicheln wollten, weil sie anders gar nicht könnten. Es war eine gute Idee, daß ich allein sitze, denn wenn ich bei meinem Namensbruder Johann sitze, dann ist Uwe, wenn ich bei Uwe sitze, dann ist Birgit, und wenn ich bei Birgit sitze, dann ist Vera beleidigt. Ich bin nicht nach Deutschland gekommen, um die deutschen Kinder zu beleidigen, sondern um mit ihnen friedlich und brüderlich zusammenzuleben. Da ich aber nur einen einzigen Po habe, sitze ich eben allein.

Ich bemerkte noch etwas am ersten Tag in der Schule. Herr Börner redete mich – aber nur mich! – als „Herr" an. Ist das nicht toll, Onkel Goethe, unter den deutschen Kindern der einzige Erwachsene zu sein?

Was meinem Lehrer, Herrn Börne vom zweiten Tag an nicht gefiel, war, daß ich zu spät in die Schule kam. Ich versuchte, es ihm zu erklären. Ich sagte ihm, daß ich mich absichtlich verspätete, damit die deutschen Kinder immer vor mir in die Schule kommen. Er nahm mir das nicht ab. Onkel Goethe, sage mir bitte, was ich tun soll. Wenn ich aufstehe und zum Fenster hinausschaue, sehe ich die sehnsüchtig wartenden Kinder. Wenn ich mich mit ihnen auf den Schulweg mache, dann weiß ich todsicher, daß wir alle zu spät in die Schule kommen. Wenn ich darauf warte, daß sie vor mir in die Schule gehen, dann verspäte ich mich. Ein paarmal schlich ich mich heimlich aus der Wohnung. Die Kinder erwischten mich unterwegs aber doch. Inzwischen habe ich festgestellt, daß einige unter den Kindern boshaft sind. Solche Kinder mag ich nicht besonders. Hassen tue ich sie aber nicht. *Besonders keinen Menschen hassen, das übrige Gott überlassen.* Wenn diese Kinder mich auf ihren Schultern tragen, lassen sie mich oft plötzlich auf den Boden fallen, während ich denke, es geht sicher zur Schule. Die anderen, die so etwas nicht tun, wenn sie mich tragen, lachen mit, anstatt mir zu helfen.

Mich freuen die vielen Guten und Tüchtgen,
obgleich viele dazwischen helfen.
Die Deutschen wissen zu berichtgen,
aber sie verstehen nicht nachzuhelfen.

Sie lassen mich einfach liegen, gehen zu Herrn Börne und berichten, daß ich mich absichtlich wieder verspäte.

Daß Herr Börne trotz allem seine Höflichkeit nicht verliert, und mich immer „Herr Yahya“ anspricht, finde ich sehr gut. Manchmal, wenn er sehr gute Laune hat, nennt er mich Monsieur. Er ist nämlich Franzosenfan. Er ist viele Jahre in Frankreich gewesen. Ich weiß aber nicht, wo Frankreich liegt. Nur einmal verlor Herr Börne seine Höflichkeit, da nannte er mich „Du Türkenbengel“. Mensch, habe ich mich gefreut! Es war an einem Donnerstag. Den Tag werde ich nie vergessen, an dem ich von meinem Lehrer den deutschen Kindern gleichgestellt wurde.

Einmal, in der großen Pause, stand ich allein, mit dem Rükken an die Wand gelehnt, unglücklicherweise unter einem Fenster. Die Kinder schossen mit dem Ball nach mir. Sie trafen mich nicht, weil ich mich sehr geschickt bewegte, aber das Fenster über mir bewegte sich nicht, und so trafen die Kinder das Fenster. Herr Börne kam. Die Kinder sagten, ich wäre schuld – ich hätte ja springen können, um den Ball zu halten. Wozu sonst stünde ich denn unter dem Fenster als Torwart. Im Unterricht holte Herr Börne mich an die Tafel. Ich sollte dreimal an die Tafel schreiben: „Deutsche Kinder sind braver als türkische Kinder.“ Ich schrieb Deutsch mit „T“. Er brüllte mich an: „Du Türkenbengel, *Deutsch oder Teutsch, Du wirst nicht klug.*“ Als ich es strahlend meinem Vater erzählte, sagte er: „Mein Sohn, hoffentlich bleibst Du immer Sie. Die Deutschen sprechen mich in der Fabrik nur mit „Du“ an. In Deutschland ist alles verkehrt.“

Du willst, Onkel Goethe, bestimmt wissen, wer ich bin, woher ich komme, wie alt ich bin, warum ich ausgerechnet Dir Briefe schreibe und nicht meinem Onkel in der Türkei, oder einem türkischen Onkel in Deutschland, oder einem deutschen Onkel. Ich heiße Yahya, auf Deutsch Johann, ich bin 11 Jahre alt und komme aus der Türkei. Warum ich ausgerechnet Dir, und nicht den anderen, Briefe schreibe, hat verschiedene Gründe. Ich könnte meinem Onkel Hakkı in der Türkei Briefe schreiben. Aber mein Onkel Hakkı kann nicht Deutsch lesen, und ich kann nicht Türkisch schreiben. Wenn er mir in einem Brief an meinen Vater tausend Grüße aus dem Dorf schickt, dann muß mein Vater mir das vorlesen. Verstehen tue ich es schon, aber selbst lesen kann ich es nicht. Wenn ich weiterhin in Deutschland bleibe, werde ich es auch nie können. Türkisch sei meine Muttersprache, sagen mir alle. Was ist dann Deutsch? Ist Deutsch meine Stiefmuttersprache, oder meine Schwagersprache? Ich wäre Dir dankbar, Onkel Goethe, wenn Du mir eine verständliche Antwort geben würdest.

Ein anderer, vielleicht der wichtigste Grund, warum ich ausgerechnet Dir schreibe, ist, daß Du mein einziger Onkel in Deutschland bist. Ich erzähle Dir, warum.

Als ich keine Lust mehr hatte, draußen mit den Kindern zu spielen, wollte ich unser Schloß kennenlernen, weil unser Schloß von außen betrachtet dreistöckig aussieht, aber im Inneren nur einen Stock hat. Ich nahm eine Kerze in die Hand, sonst hätte ich nichts sehen können, ging vorsichtig hinauf. Ich traf wieder einige Mäuse unterwegs, die mir aber diesmal keinen Guten Tag wünschten, sondern wegliefen. Auf die Treppen konnte ich nur mühsam klettern; manche Stufen waren morsch geworden, und einige Stellen sahen richtig gefährlich aus. Neben der obersten Treppenstufe sah ich an der Wand einen Buchstaben, der wie ein „J“ aussah. Da mein Name auf Deutsch auch mit „J“ anfängt, rieb ich mit grosser Neugier am Verputz. Ich glaubte zuerst, Herr Faller hätte meinen ersten Buchstaben in die Wand eingeritzt, denn er wußte schon, wie ich heiße, bevor ich nach Deutschland kam. Doch das war ein Irrtum. Ich rieb, bis ich mehrere Buchstaben sehen konnte. Es war eine unlesbare Schrift, wie Arabisch. Ich eilte zu Pfarrer Bäuchle, schleppte ihn die Treppe hinauf und ließ ihn mir das vorlesen. Die Schrift war tief in die Wand eingeritzt, so daß Pfarrer Bäuchle erst gründlich reiben und pusten mußte. Dann las er ab: ‚Johann Wolfgang von Goethe hat uns verlassen. 22. März 1832.' Ich schäme mich jetzt bis zu meinen Ohrenspitzen, Dir zu sagen, daß ich bis dahin nie etwas von Dir gehört hatte. Ich kenne sonst viele Deutsche: Müller, Mayer, Schulz, Eberhard, Herr Faller, Pfarrer Bäuchle, Herr Börne und alle die Kinder in meiner Klasse: Johann, Vera, Birgit, Hans, Otto, Karl, Maria und Josef.

Daran hast Du auch ein bißchen schuld, daß ich Dich bis dahin nicht kennengelernt habe, Dir nicht die Hand geküsst habe. Obwohl Du schon mal in unserem Schloß gewohnt hast, hast Du mich nicht besucht. Du bist untreu. Sag mir wenigstens, warum Du unser Schloß verlassen hast? Du kannst mir den Grund ruhig verraten, ich schwöre Dir, es bleibt unter uns, ich werde es niemandem weitererzählen. Wenn der Vater unseres Hausbesitzers genauso nett zu Dir gewesen ist, wie sein Sohn jetzt zu uns, dann hast Du dem armen Mann unrecht getan. Du hättest ihm ja einfach sagen können: „Herr Faller, ich muß ihr Schloß leider verlassen, weil ich woanders wohnen will." Einfach abhauen, das finde ich nicht gut. Trotzdem könntest Du mich mal besuchen. Ich erwarte Dich jeden Abend, ab heute. Wenn Du meinen Brief erhalten hast und hierher kommen willst, schicke mir bitte ein Telegramm. Ich möchte Dich aber warnen, entweder Du kommst am Abend, wenn die deutschen Kinder nach Hause gegangen sind, oder tagsüber, dann aber nur mit Pfarrer Bäuchle, er schützt Dich vor den Kindern, die mit jedem, der zu uns kommt, spielen wollen.

Pfarrer Bäuchle erzählte mir, daß Du ein großer Mensch bist. Das mußt Du mir auch schreiben, wie groß Du bist. Wenn Du so groß bist wie ein Pappelbaum, dann ist das nichts, weil der Pappelbaum nur ein hochgeschossener Baum ist, der weder Früchte trägt noch Schatten gibt. Aber wenn Du groß wie ein Walnußbaum bist, dann hast Du eine nützliche Größe. Der Walnußbaum trägt viele Früchte und gibt kühlen und breiten Schatten. Seine Früchte essen die Menschen, seinen Schatten nützen die Schafe, die Ziegen und Ochsen, und auch die Esel, die brauchen nämlich auch Schatten. Was ich nicht verstanden habe: wie Du in unser Schloß überhaupt hast hereinkommen können, wenn Du so ein großer Mensch bist.

Du hättest immer viel Zeit, sagt Pfarrer Bäuchle, weshalb Du auch gerne Briefe schreibst. Damit Du mir auch mal schreibst, schreibe ich Dir diesen Brief. Ich könnte auch einem anderen deutschen Onkel schreiben. Die haben aber nie Zeit. Sie müssen immer hin und her – arme Menschen – sie sind wie verhext. Wenn sie mal stehenbleiben, bekommen sie Schwindelgefühl. Zeit darf man in Deutschland nur dann verlieren, wenn man dafür was gewinnt. Mit Briefeschreiben und -lesen gewinnt man nichts. Deshalb habe ich Angst davor, daß die deutschen Onkel mich fragen, was man nützliches aus den Briefen machen kann. Ich weiß nicht, ob Du diesen Satz von Pfarrer Bäuchle über die Deutschen kennst: *„Wenn man ihnen eine Blume zeigt, so fragen sie gleich: Riecht sie? Kann man Thee davon trinken? Dürfen wir es nachmachen?“*

Ich habe viel von Pfarrer Bäuchle geredet, aber Du hast keine Ahnung, wer er ist. Pfarrer Bäuchle ist auch ein großer Mann, aber nicht wie ein Pappelbaum. Er hat eine ganz komische spitze Nase und dunkelbraune Augen. Seine Haare sind traubenschwarz, weich und beruhigend. Er ist kein echter Pfarrer, der von Liebe nur redet. Er hat Religion aus Interesse studiert. Sonst hat er nicht viel übrig für Kirche und so. Er meinte: *„Wer Wissenschaft und Kunst besitzt, hat auch Religion, wer jene beiden nicht besitzt, der habe Religion. Die Kunst ist nichts anderes als das Licht der Natur.“* Es ist wahr, Onkel Goethe, Pfarrer Bäuchle besitzt Kunst. Er schreibt viel, er sammelt Steine, ich weiß nicht, was er mit den Steinen machen will, vielleicht will er ein Haus bauen. Er hat mir mal eine Predigt über die Farben gehalten, die ich aber nicht verstanden habe. Darum bin ich eingeschlafen. Er hat mich ganz streng angeschaut und erzählt mir seitdem nie mehr von den Farben. Als ich im letzten Sommer eine Meise gefangen hatte, hat Pfarrer Bäuchle ein Lied geschrieben und es mir geschenkt. Ich hoffe, daß es in Deiner Stadt oder in Deinem Dorf auch Meisen gibt. Wenn Du eine siehst, singe ihr bitte dieses Lied von Pfarrer Bäuchle vor. Das Lied heißt *„Meisenliedchen“:*

Es fing ein Knab ein Vögelein
Hm. Hm.
Da lacht er in den Käfig 'nein,
Hm. Hm.
So. So.
Hm. Hm.
Der freut sich traun so läppisch,
Hm. Hm.
Und griff hinein so täppisch,
Hm. Hm.
So. So.
Hm. Hm.
Da flog das Meislein auf ein Haus,
Hm. Hm.
Und lacht den dummen Buben aus,
Hm. Hm.
So. So.
Hm. Hm.

Wie findest Du, Onkel Goethe, das Lied. Das Lied habe ich auswendiggelernt und singe es immer, wenn ich eine Meise sehe. Ich fange sie aber nicht mehr.

Pfarrer Bäuchle lernte ich im Kindergarten kennen. Als ich

meine Schwester Züleyha abholen wollte, kamen meine deutschen Freunde mir nach, um mit mir zu spielen. Ich konnte aber nicht. Da wurden sie aufdringlich. Pfarrer Bäuchle sah das und nahm mich mit in sein Büro. Er sang mir ein Lied: *„Jedes Leben sei zu führen, wenn man sich selbst nicht vermißt. Alles könneman verlieren, wenn man bliebe, was man ist."* Seitdem sind wir gute Freunde. Er bringt manchmal Züleyha nach Hause, weil die deutschen Kinder auch mit ihr spielen wollen. Meine Mutter sagte: „Schade, daß er Christ ist, daß er an Gott glaubt, nicht an Allah." Daraufhin antwortete Pfarrer Bäuchle: *„Gottes ist der Orient, Gottes ist der Okzident. Nord- und südliche Gelände ruht in Frieden seiner Hände."*

Pfarrer Bäuchle hat nur einen einzigen Minuspunkt – er hat keinen Einfluß auf den Weihnachtsmann! Viele Deutsche sind zu uns ins Haus gekommen, zum Beispiel Pfarrer Bäuchle, Herr Faller mit seiner dicken Frau, einige Male auch Polizisten, Beamte vom Ausländeramt. Aber der Weihnachtsmann ist noch nie zu uns gekommen. Kann sein, daß er vor meinem Vater Angst hat, weil mein Vater mal laut gesagt hat: „Wenn der Weihnachtsmann zu uns kommt, bekommt er mächtige Prügel." Er könnte aber doch heimlich kommen, wenn er es wollte. Mein Vater ist nie zu Hause. Ich habe oft Pfarrer Bäuchle gebeten, daß er dem Weihnachtsmann sagt, er solle bei uns nur einmal vorbeikommen. Ich will gar keine Geschenke. Ich möchte seinen weißen Bart streicheln. Das würde mir reichen. Wenn er unbedingt Geschenke bringen will, so habe ich nichts dagegen. Er kann mir eine Tafel Schokolade, Bonbons, für meine Schwester Kaugummi und eine Puppe mitbringen. Ich wollte auch nicht unbedingt einen Tannenbaum, aber doch irgendeinen Baum, zum Beispiel eine Weide, Eiche oder Buche. Ich würde den Baum mit dem Halbmond und Stern schmücken und ans Fenster stellen, damit meine deutschen Freunde sehen, daß wir zu ihnen gehören. Wenn es allerdings wahr ist, was ich von Monika in der Schule gehört habe, dann ist der Weihnachtsmann nicht besonders freundlich. Sie behauptet, der Weihnachtsmann käme nicht zu uns nach Hause, weil er ein feiner Mensch ist und keinen Türkengeruch verträgt. Kannst Du, Onkel Goethe, den Weihnachtsmann nicht überreden? Ich schwöre Dir, daß ich mich eine Woche lang waschen werde, bevor er zu uns kommt. Pfarrer Bäuchle meinte: „Junge, sei froh, daß Du zu Weihnachten nicht verpflichtet bist, jemandem etwas zu schenken. Da die Deutschen nie füreinander Zeit haben, müssen sie sich zu Weihnachten beschenken, so wird dann alles hastig, unüberlegt, oberflächlich." Pfarrer Bäuchle, ob gerade Weihnachten ist oder nicht, schenkt mir immer neue Bücher. Das erste, was ich von ihm bekommen habe, war Reinecke Fuchs, und dann West-Östlicher Diwan. Das Diwan-Buch habe ich nicht verstanden, aber wenn ich groß bin, werde ich es bestimmt verstehen.

Herr Börne, mein Lehrer, mag Pfarrer Bäuchle nicht, weil er in einem großen Palast wohnt und sich nur um die Weiber kümmert. Das ist nicht wahr. Er kümmert sich um mich genauso wie um meine Schwester Züleyha. Pfarrer Bäuchle ist der einzige in ganz Deutschland, der mich so nimmt, wie ich bin. Er ist nicht überfreundlich. Die deutschen Kinder sagen mir nie, wenn ich was Falsches getan habe, sondern sie lachen mich aus. Nach Herrn Börnes Meinung hat Pfarrer Bäuchle zu viel mit den unteren Schichten zu tun. Wir Türken sind in Deutschland die oberste Schicht, dann kommt eine Weile nichts, und dann kommen die reichen Deutschen. Wir können nichts dafür, daß wir zur obersten Schicht gehören. Weil wir zu Gast sind, haben uns die Deutschen selbst dieses Recht gegeben. Ich meine, wir Türken können natürlich ein bißchen bescheiden sein, aber das geht nicht immer, wie Du, Onkel Goethe, wohl selbst einsiehst. Dafür, daß Pfarrer Bäuchle sich nur mit uns beschäftigt, kann ich nichts, wirklich nicht.

Herr Faller, unser netter Hausbesitzer, der Sohn Deines Hausbesitzers, kommt auch oft zu uns, jeden Monat mindestens viermal. Einmal um die Miete zu kassieren, dann um die Miete zu erhöhen, zum drittenmal, um meinen Vater an die erhöhte Miete zu erinnern, und zum viertenmal, um die Miete zu kassieren. Pfarrer Bäuchle und Herr Faller mögen sich nicht. Pfarrer Bäuchle meinte einmal über den Herrn Faller: *„Die lieben Deutschen kenne ich schon, erst schweigen sie, dann mäkeln sie, dann beseitigen, dann bestehlen und verschweigen sie."*

Als mein Vater ein einziges Mal der Mieterhöhung widersprach, sagte Herr Faller mit Recht, er hätte mit den Türken Erbarmen gehabt, sonst hätte er dieses Haus renoviert, und wie sein Vater für Schweine hergerichtet. Er hätte in diesem Haus mindestens fünfzig Schweine untergebracht, sie brächten mehr Geld als eine in Not geratene Türkenfamilie. Vier Türken sollten jetzt natürlich nicht so viel Geld zahlen, wie fünzig Schweine eingebracht hätten – aber doch wenigstens so viel wie zwanzig – oder dreißig Schweine. *„Gerechtigkeit: Eigenschaft und Phantom der Deutschen"*, sagte Pfarrer Bäuchle, als er davon hörte. Herr Faller weist uns immer darauf hin, daß wir aufpassen sollen, daß sein Haus nicht abbrennt oder auf irgendeine andere Art beschädigt wird. Wir hätten ja nicht so viel zu verlieren. Womit er wieder recht hat. Ich sagte ihm nicht, daß ich Deinen Namen an der Wand gefunden habe. Sonst verlangt er bestimmt mehr Miete. Als er mich erwischte, wie ich Dir einen Brief schrieb, lachte er schallend. Er sah dabei mit seinem dicken Bauch so komisch aus, daß ich mitlachen mußte. „Du, ein türkischer Hirte und Goethe – ha, ha, ha! Seit wann verstehen die Türken etwas von Dichtung? Vielleicht seit sie in Deutschland sind! Ha, ha, ha!"

Ich erzähle ihm kaum was. Wenn er zu uns kommt, dann lacht er. Er findet immer irgendeinen Grund zum Lachen.

Ich lache mit, nicht weil ich ihn verstehe, sondern weil dabei sein dicker Bauch schaukelt. Ich erzähle ihm auch nicht, daß wir eine Katze im Haus hatten, und daß uns diese Katze weggenommen worden ist. Pfarrer Bäuchle machte ein Lied über unsere Katze, als er sie bei uns sah:

Ebuherriras Katze hier,
knurrt um den Herr und schmeichelt:
Denn immer ists ein heilig Tier
Das der Prophet gestreichelt.

Weißt Du Onkel Goethe, warum Katzen immer auf ihren Füßen landen? Nicht wie die anderen Tiere, wenn sie irgendwo herunterfallen, auf dem Rücken? Wenn Du es nicht weißt, sage ich Dir jetzt den Grund. Ich erfuhr ihn von meinem Vater. Er sagte: „Katzen fallen immer auf ihre vier Beine, weil ihr Rücken von Mohammed gestreichelt worden ist."
Der Mäuse wegen nahmen wir diese ungeschickte und nicht mehr heilige Katze. Meine Mutter und Züleyha hatten Angst vor den Mäusen, die doch nur freundlich herumlaufen und niemandem was tun. Daß die Mäuse ausgerechnet in unserem Schloß herumlaufen, versteht meine Mutter nicht. Das ist aber doch auch ein Stück Atmosphäre der Türkei! Ich persönlich fühle mich dadurch so, als ob ich in der Türkei wäre. Aber meine Mutter entfernt sich immer mehr von der Türkei. Sie entfernt sich überhaupt von allem. Sie lacht nicht mehr wie in der Türkei. Sie meint, wenn die Menschen in Deutschland ihr und ihren Kindern gegenüber so freundlich sind, wird das Lachen überflüssig.

Deshalb ging mein Vater ins Tierheim und brachte eine Katze mit. Wir wußten vorher nicht, daß die Katzen in Deutschland mit den Mäusen Frieden geschlossen haben. Sie jagte keine einzige Maus. Wenn sie eine Maus traf, beschnupperte sie sie, spielte mit ihr, lieber als mit uns. Sie kamen wunderbar aus und erschreckten gemeinsam meine Mutter und meine Schwester Züleyha. Nach drei Tagen kam eine feine Dame bei uns vorbei. Sie roch so gut, daß ich mich ihr nähern mußte, um sie besser riechen zu können. Je näher ich auf sie zuging, desto weiter entfernte sie sich. Sie bekam ganz irre Augen, ich weiß nicht warum. Sie sagte nur: „Komme nicht näher, sonst schreie ich um Hilfe!" Ich wollte ihr gar nichts antun. Ich wollte nur mehr von diesem wunderschönen Duft einatmen. Sie schaute sich überall um und sagte, unsere Wohnung sei katzenunwürdig. Meine Mutter ließ mich fragen, wer sie sei. Die feine Dame sagte, sie sei vom hiesigen Tierschutzverein und kontrolliere unsere Wohnung; nicht nur unsere, sondern alle Wohnungen, in die Katzen aufgenommen wurden. Sie ließ meine Mutter einen Zettel unterschreiben, daß unsere Wohnung katzenunwürdig sei. Auf dem Zettel war ein Kreuz, meine Mutter machte ein zweites. Die Dame fragte, was das solle. Meine Mutter sagte, das sei ihre Unterschrift. Wenn die deutsche Dame ihre Unterschrift mit einem Kreuz macht, dann kann meine Mutter ihre auch als Kreuz machen. Meine Mutter hat ihr natürlich gesagt, daß sie nicht lesen und schreiben kann.

Die feine Dame nahm die Katze mit. Sie beschuldigte uns, daß wir der Katze kein Fleisch gegeben hätten. Ich antwortete ihr, wenn diese Katze Fleisch essen wollte, dann sollte sie sich ihr Fleisch selbst holen und Mäuse fangen. Da sagte sie nichts.

Nachdem die feine Dame mit der Katze weggegangen war, fragte mich meine Mutter, ob dieses Geschöpf ein ganz normaler Mensch war, oder eine Huri, wie es sie in Allahs Paradies gibt. Ich sagte meiner Mutter, die Dame müsse eine Huri sein, denn wir lebten doch im Paradies. Meine Mutter hatte allerdings nicht gemerkt, daß wir im Paradies lebten, obwohl sie gelegentlich von meinem Vater ins Zentrum des Paradieses mitgenommen wurde. Wenn mein Vater zum Einkaufen geht, nimmt er meine Mutter mit. Er braucht sie nämlich als Trägerin. Er stopft alles, was er eingekauft hat, in die türkischen Koffer, mindestens fünf Stück, dann gibt er sie meiner Mutter. Sage bloß nicht, mein lieber Onkel, daß mein Vater etwas falsch macht, wenn er nichts trägt. Er trägt auch was – und zwar seinen Schnurrbart, seine Gebetsschnur, seine Zigarette und vor allem, die Autorität.

Wenn wir hintereinander – Vater vorne, zwei Schritte hinter ihm Mutter mit den türkischen Koffern, dann ich und Züleyha – auf der Straße gehen, bleiben die Menschen stehen, um uns zu grüßen. Einmal wollte ein deutscher Mann meiner Mutter beim Tragen der türkischen Koffer helfen. Die Menschen, die höflich um uns herum stehenblieben, lachten ihn aus. Mein Vater war böse. Aber das geschah nur einmal, und ich glaube, das passiert nicht noch einmal. Wenn Du, Onkel Goethe, uns besuchen kommst, und wir nicht zu Hause sein sollten, dann komme im Zentrum vorbei, Du wirst uns leicht erkennen. In den Geschäften machen sie uns immer gleich Platz, damit mein Vater in Ruhe einkaufen kann. Auf dem Heimweg stehen Busse, Straßenbahn und Autos still, damit wir weitergehen können. Die Verkehrsampeln werden sofort grün, wenn wir uns auf fünf Meter nähern, damit wir sicher heimkommen, denn wir sind zu Gast in Deutschland. Wenn dem Gast was passiert, ist ja der Gastgeber schuldig, oder was meinst Du, Onkel Goethe? Mein Vater zwirbelt seinen Schnurrbart, Mutter trägt türkische Koffer, ich gebe Züleyha einen Tritt. Nicht immer, manchmal – so, wenn ich sie dabei erwische, daß sie einen deutschen Buben anschaut. Pfarrer Bäuchle findet es schlecht, wie wir zum Einkaufen gehen. Er schimpft mit meinem Vater, weil nur meine Mutter die türkischen Koffer trägt. Mein Vater solle auch was tragen, sagte Pfarrer Bäuchle. Da war meine Mutter aufgeregt und ließ mich ihn fragen, ob er glaube, daß sie ein schwaches Weib wäre. Pfarrer Bäuchle sagte nichts.

Den Ausdruck „Gastarbeiter“ findet Pfarrer Bäuchle auch nicht gut. „Ihr seid Menschen“, sagte er, „und die Deutschen sollen Euch wie normale Menschen behandeln, nicht zu viel Achtung, aber auch nicht zu wenig“. Er sagte: *„Wir sind in Deutschland sehr verständig und haben guten Willen, beides für den Hausgebrauch; wenn aber einmal etwas Besonderes zum Vorschein kommt, so wissen wir gar nicht, was wir damit anfangen sollen, der Verstand wird albern und der gute Wille schädlich.“*

Meine Mutter behauptet, sie vertrage dieses Klima in Deutschland nicht mehr, was ich nicht verstehe, denn seit sie in Deutschland ist, ist sie feiner geworden. Das Wetter ist zwar ein bißchen anders, aber dafür gibt es Strom, mit dem man es sich immer warm machen kann. Meine Mutter hat viel abgenommen, sie sieht hübscher aus. Ihre Haare sind grauer geworden, sie selbst ist ruhiger, vielleicht auch ein bißchen ängstlicher (aber jeder Mensch wird ängstlicher, wenn er die wunderbaren Fähigkeiten dieser Gesellschaft gesehen hat). Mein Vater findet ihre Ängste blödsinnig, und ich schließe mich ihm an. Meine Mutter überlegt sich jetzt dreimal, ob sie uns anschreien soll oder nicht. Sie will die Mäuse in unserem Schloß nicht erschrecken. Bei den deutschen Kindern überlegt sie ganze Tage, ob sie sie anschreien soll oder nicht. Bis sie sich dann endlich entschlossen hat, sind die Kinder schon weg. Wenn die deutschen Kinder ein bißchen geduldiger wären und warten könnten, bis meine Mutter sie anschreit, wäre das Problem gelöst. Mein Vater sagt, es ist gut so, die Deutschen sind empfindlicher als die Türken, man soll sie nicht anschreien, zumal meine Mutter keinen Grund hat. Wenn meine Mutter die deutschen Kinder anschreit, will sie nur ihre Wut loswerden. Aber Menschen, die ihre Wut an anderen Men-

schen auslassen, werden dick. Das ist besonders bei Frauen gefährlich, meint mein Vater. Er sagt, er mag keine dicke Frau mehr, seit er in Deutschland ist. Eine Frau muß wie ein Reh sein, schlank und scheu. Er will keine Frau, die aussieht wie ein Wasserbüffel. Nein, so eine Frau will er bestimmt nicht, und das Klima in Deutschland ist gerade für meine Mutter geeignet. Die Frauen hat er nie verstanden und wird sie auch nie verstehen, sagt er. Wenn sie was haben, dann verlangen sie mehr. Wenn sie aber nichts haben, dann sagen sie ihren Männern: „Ich habe ja Dich, das reicht mir. Onkel Goethe, ich möchte gern Deine Meinung darüber hören. Ich weiß nicht, ob Du viel Erfahrung mit den Frauen hast. Sei so gut und schreibe mir bitte.
Da meine Schwester Züleyha und ich bei den Eltern schlafen, bekomme ich noch mehr mit. Züleyha nicht, sie geht ins Bett, und schon fängt sie an zu schnarchen. Meine Mutter sagt, sie ginge sofort in die Türkei zurück, wenn sie keine Angst hätte vor dem, was die Nachbarinnen sagen. Sie würden sagen: „Schau mal die Mutter von Yahya und Züleyha an, sie konnte ihrem Mann in Deutschland nicht beistehen. Sie hat ihn in die Arme der wilden deutschen Frauen getrieben. Sie ist nach Deutschland gekommen, damit er nicht allein ist. Aber es reicht ihr. Sie kann nicht weiter hier leben. Sie könnte auch, wenn sie wollte, gegen diese Freundlichkeit der Deutschen aufmucken, sie ist eine Bauernfrau.

Als ich Pfarrer Bäuchle davon erzählte, sagte er: *„Die schlechteste Gesellschaft läßt dich fühlen, daß du ein Mensch mit Menschen bist.“*
Diesen Brief, Onkel Goethe, habe ich nicht an einem Tag geschrieben. Wenn Du mir Antwort schickst, kann ich Dir nicht sofort schreiben. Ich brauche etwas Zeit. Ich küsse Dir die Hand und schicke tausend herzliche Grüße.

Dein Yahya

Warum feiert Ahmet

Ahmet feiert, Ahmet gibt ein Fest, Ahmet veranstaltet eine Fête. Zwei Wochen lang, solange ich krank war, wurde unter den Türken über nichts anderes gesprochen. Es war egal, ob ich am Bahnhof war oder mit meiner Familie zu Besuch, ob ich in die türkische Kneipe ging oder in das türkische Geschäft, überall hörte ich davon; ob ich wüßte, warum Ahmet feiert? Ob ich auch hinginge, und wenn, dann wann? Niemand wußte, weshalb und wann und wo. Außer mir war es allen bekannt, daß Ahmet, dessen bester Freund ich bin, eine Fête veranstalten will.

Als ich mit meiner Familie bei einem Bekannten zu Besuch war, fingen Ahmet und die Kinder plötzlich ein merkwürdiges Spiel an. Ahmet spielte den Gastgeber, die Kinder seine Gäste. Ahmet gab jedem ein leeres Glas und zeigte auf das Leitungswasser: „Sie können davon trinken, so viel Sie wollen. Sie sind meine Gäste. Sind Sie zu meinem Fest mit Ihrem Auto gekommen, darum müssen Sie achtgeben, daß Sie sich nicht besaufen." Darüber haben sich die Kinder totgelacht.

Lange bevor Ahmets Fest überhaupt stattgefunden hatte, wurden schon Witze erzählt. Ahmet hätte seine Gäste freundlich gebeten, Platz zu nehmen. Die Gäste hätten sich dumm angeschaut und gesagt: „Wir sehen aber hier weder Tische noch Stühle." Daraufhin Ahmet: „Sie können ja, meine Herren, so tun, als ob." Ein anderer Witz: Ahmet hätte von jedem Eintrittsgeld verlangt. Für Kinder hätte es zwar 50 % Ermäßigung gegeben, dafür hätten sie aber auch nur eine halbe Portion Essen bekommen.

Zum Feiern hat ein stinknormaler Türke in Deutschland viele Gründe, abgesehen von seinen nationalen und religiösen Feiertagen. Ein Anlaß ist, wenn er seine Arbeits- und Aufenthaltsgenehmigung hat, oder wenn er mal den Mut gehabt hat, einen deutschen Kollegen zu kritisieren, oder gar über ihn zu schimpfen, oder wenn ihn sein deutscher Nachbar angelächelt hat. Soviel ich aber weiß, hat mein Freund Ahmet auch derartige Anlässe nie gefeiert. „Solche Tage kosten nur Geld", hat er immer gesagt. Sein Name taugt auch nicht zum Feiern. Ich weiß nicht, ob es auf der Welt noch einen anderen Namen gibt, der seinem Träger so gut paßt. Er heißt nämlich Ahmet Kısmık, ins Deutsche übersetzt: Ahmet der Geizige.

Ich habe ihn vor zehn Jahren beim Ausländeramt kennengelernt. Er hatte keinen Kuli, um den Antrag auszufüllen, deshalb habe ich ihm einen gegeben. Wie ich später herausbekommen habe, hatte er in seinem Leben nie einen Kuli oder einen Bleistift besessen, denn so was kostet Geld. Er hat Zwillinge, die in der Schule mit einem Kuli auskommen müssen. Wenn ein deutscher Lehrer oder eine Lehrerin den Kindern aus Barmherzigkeit einen zusätzlichen Kuli geben, nimmt er den Kindern zu Hause einen Kuli wieder ab.

Ahmet besucht mich öfter, aber mit einer winzigen Bedingung, ich muß ihn und seine Familie abholen und nach dem Besuch wieder heimfahren. Er hat zwar ein Auto, aber dieses Auto ist nur für den Urlaub. Nach der Heimfahrt wird es beim Finanzamt und bei der Versicherung abgemeldet, damit Ahmet nicht umsonst Steuern und Beiträge zahlen muß. Er hat mir erzählt, daß er von Ulm bis nach Samsun, das sind ca. 3 000 km, nur 70 DM für Benzin ausgegeben hat. Wie er das geschafft hat, hat er mir nicht verraten. Bei jeder Rückfahrt bringt er säckeweise Auberginen, Melonen, Kürbisse, Paprika und Bohnen in seinem Ford-Transit nach Deutschland mit. Einmal hat er auch Butter mitge-

nommen. Die Butter ist unterwegs in der Hitze geschmolzen. Daraufhin war Ahmet eine Woche krank.
Einmal, als ich Ahmet abholen wollte, war er nicht daheim. Seine Frau erzählte mir, daß er heute trotz unserer Verabredung keine Lust hätte, uns zu besuchen, weil sie ihn mit ihrer verschwenderischen Art gekränkt hätte. Ahmet hatte für die ganze Familie ein Glas Marmelade gekauft und dieses Glas jeden Tag auf den Tisch gestellt. Die Zwillinge, er und auch sie, durften mit dem Brot dieses wunderschöne, volle, leckere Glas berühren. Als Ahmet vor drei Tagen unerwartet nach Hause zurückkam, erwischte er die Zwillinge beim Frühstück dabei, wie sie gierig das Marmeladenglas berührten, als ob sie so etwas noch nie in ihrem Leben gemacht hätten. Ahmet hat das Glas weggenommen und die Zwillinge angeschrien, ob sie denn nicht ein paar Tage ohne Marmelade frühstücken könnten.

Wenn mein Freund Ahmet gezwungen ist, egal für was, über zwanzig Mark auszugeben, kriegt er Verstopfung. Dann hat er eine Woche Schwierigkeiten. Bei einer medizinischen Untersuchung wurde festgestellt, daß Ahmet nur eine Niere und einen Hoden hat. Oh Gott, welche Mühe es mich gekostet hat, ihn zu überzeugen, daß er operiert werden muß, als er Blinddarmentzündung hatte. Nicht etwa, daß er Angst vor der Operation gehabt hätte, sondern er konnte nicht einsehen, daß dieses entzündete Darmstück einfach weggeschmissen wird. Er weigerte sich so lange, bis ihm seine Frau drohte, sich scheiden zu lassen, wenn er nicht jetzt, sofort und auf der Stelle, die Einverständniserklärung unterschriebe.

Und dieser Mensch wollte nun ein Fest geben. Da ich alles über ihn weiß, glaubte ich den Gerüchten zunächst nicht. Daß Ahmet eine Fête veranstaltete, war genauso unvorstellbar, als wenn ein Türke zum Oberbürgermeister dieser Stadt gewählt würde.

In diesem Glauben ging ich gestern wieder in den Betrieb. Ahmet kam zu mir und sagte, er wolle ein Fest geben, ein Fest, wie es noch nie von einem Türken gegeben worden sei. Ich fragte ihn, ob er krank sei. Nein, er sei nicht krank. Ich fragte ihn, ob er wirklich der Ahmet ist, den ich kenne. Er sagte, er sei der Ahmet, den ich kenne. Ich fragte ihn, ob er ganz, wirklich gaaanz normal ist. Er sagte, er sei noch nie so normal gewesen wie heute. Ich fragte ihn, warum er, zum Teufel, eine Fête veranstalte? Er sagte nur ganz grob, ich solle, bitte schön, hinkommen, er würde den Grund während des Festes bekanntgeben.

Er hatte in dem Dorf, in dem er wohnt, einen Raum gemietet. Wir waren fünfzig Mann. Als wir alle beisammen waren, kam auch noch eine Frau. Ahmet stellte sie uns vor, sie hieß Frau Haller. Sie war weder hübsch noch jung. Warum Ahmet sie eingeladen hatte, war mir nicht klar. Sie konnte nicht Ahmets Geliebte sein, da eine Geliebte teurer ist als die eigene Ehefrau. Ihrem Verhalten nach war sie sehr nervös. Entweder klopfte sie mit den Fingern auf den Tisch, oder auf ihren Oberschenkel. Sie war zum ersten Mal fremd in ihrem eigenen Land.

Ich saß zwischen Ahmet und der deutschen Frau, als Dolmetscher, versteht sich. Auf unser Drängen mußte Ahmet eine Rede halten. Am Anfang war er verlegen, schüchtern, mal stotterte er, mal vergaß er, was er sagen wollte, aber dann sprach er frei und flüssig, wie ein türkischer Politiker, der zehn Jahre lang immer das Gleiche sagt.
„Jeder von Euch, meine lieben Freunde, hat mich mindestens zehnmal gefragt, warum ein Mensch, der so sparsam ist wie ich, plötzlich ein Fest geben will. Ich bin sehr sparsam, das ist wahr. Das ist genauso wahr, wie daß ich schwarze Augen habe. Ich kann nichts dafür. Aber trotz meiner extremen Sparsamkeit will ich ausnahmsweise meine persönliche Grenze überschreiten und meinen

Freunden ein Fest geben, weil mir vor kurzer Zeit was Wichtiges passiert ist."

Was Ahmet sagte, übersetzte ich der deutschen Frau. „Ich bin seit zehn Jahren in Deutschland", fuhr Ahmet fort. „In diesen zehn Jahren wurde ich als Gastarbeiter gut behandelt. Wenn ich mal irrtümlicherweise gesagt habe, Leute, ich habe Durst, haben mir die Deutschen erklärt, also Du, Du bist Gastarbeiter, Du darfst in diesem Moment keinen Durst haben. Habe ich mal Hunger gehabt, so haben sie mir gesagt, Junge, Du bist Mohammedaner, Du fastest ja einen ganzen Monat, dann darfst Du auch jetzt fasten, wir werden Dir sagen, wann Du Hunger haben kannst. Bin ich mal lustig gewesen und habe laut gelacht, haben die Deutschen gleich gesagt, ich sei schließlich ein Türke, und nur die Türken würden so laut lachen. Bin ich mal traurig gewesen, haben die Deutschen behauptet, wir Türken seien zu sensibel. Also über die Behandlung als Gastarbeiter kann ich mich nicht beklagen. Nach Meinung der Deutschen ist ein Gastarbeiter weder ein Floh noch eine Laus, weder ein Baum noch eine Blume, weder ein Mensch noch ein Tier. Ein Gastarbeiter ist ein Gastarbeiter, mehr nicht."

Keiner von uns hat vorher gewußt, daß Ahmet, der Geizige, sich über solche heiklen Dinge den Kopf zerbricht. Einen Menschen kann man nie ganz kennenlernen. Auch dann nicht, wenn man mit ihm zehn Jahre lang unter den Deutschen zusammengearbeitet hat.

Ahmet leckte seine trockenen Lippen und fuhr fort: „Aber diese Dame, die auf meiner linken Seite sitzt, hat als erste in Deutschland erkannt, daß in uns ein Lebewesen steckt. Ich wünsche Euch allen, meine Freunde, daß auch Ihr eines schönen Tages so eine Nachbarin bekommt. Ich wohne seit sechs Jahren mit dieser netten Dame auf dem gleichen Stock zusammen. Diese Dame habe ich Euch vorhin vorgestellt. Frau Haller liebt Tiere aller Art. Ihre besondere Liebe aber gilt den Hunden. Ich habe Zwillinge, einige von Euch kennen meine Kinder schon. Frau Haller hat Drillinge, drei süße Hunde, sie heißen Schnuffi, Schnucki, Schlumpi. Sie sind die süßesten, aufgeschlossensten Hunde, die ich je gesehen habe. Die Hunde und wir haben mehr Kontakt, als wir mit Frau Haller haben. Ob die Hunde in uns ihre Artgenossen erkannt haben . . .? Wenn ich Frau Haller mal „Guten Tag“ gesagt habe, hatte sie meinen Gruß zu erwidern keine Zeit, was ich ganz und gar verstehe, weil sie drei temperamentvolle Hunde hat, die jeden Tag ein paarmal Gassi geführt werden müssen, die gefüttert werden müssen, die zum Friseur gebracht werden müssen. Wenn Ihr, meine Freunde, mal Schnucki mit Lockenwicklern gesehen hättet, dann hättet Ihr ihn genauso lieb.“

Als ich Frau Haller das übersetzte, strahlte sie. „Das ist wahr“, sagte sie, „Schnucki ist der Bravste und Allerliebste“. „Frau Haller und ich haben uns nie im richtigen Moment getroffen. Das ist unser gemeinsames Pech“, sagte Ahmet.

„Ahmet, mach es bitte nicht so spannend, den Grund der Feier hast Du uns noch nicht verraten“, schrie ein ungeduldiger Gast. „Wenn ich anfange, über die Hunde von Frau Haller zu reden, vergesse ich immer die anderen Dinge, entschuldigt bitte. An einem Nachmittag vor drei Wochen hatten meine Zwillinge die Haustür offengelassen, nicht mit Absicht, aber sie haben sie offengelassen. Frau Hallers Schnuffi, das ist der Schwarze, hat einfach erst die Wohnung, dann das Haus verlassen. Nach fünfminütiger, qualvoller Suche hat sie ihn gefunden. Obwohl sie psychisch und physisch fix und fertig war, hat sie meinen Kindern dieses Kompliment gemacht: „Ihr türkischen Hunde“.

Während ich Frau Haller alles übersetzte, sprangen alle

Türken auf, fingen voller Freude an zu tanzen und zu schreien: „Das ist ja prima, das ist ja prima, toll, toll, toll." Ahmet unterbrach sie und sagte:

„Das ist mein Fest, meine lieben Freunde. Wenn es hier jemanden gibt, der vor Freude verrückt werden könnte, wäre ich das. Zwar finde ich Eure Beteiligung an meiner Freude sehr nett, aber das darf nicht über das Maß hinausgehen. Ich gebe das erste Mal in meinem Leben ein Fest, das will ich auch genießen." Nach einer Pause, nachdem die aufgeregten Türken sich beruhigt und wieder hingesetzt hatten, fuhr Ahmet fort:

„Diese wunderschöne Feststellung, daß meine Kinder türkische Hunde sind, hat mich sehr erfreut, denn bisher waren meine Kinder nur Gastarbeiterkinder. Ich hatte inzwischen beinahe vergessen, daß wir auch Lebewesen sind. Diese herrliche Feststellung hat das Gefühl, ein Lebewesen zu sein, zurückgebracht. Ich bedanke mich dafür herzlich bei Frau Haller. Meine einzige Sorge ist jetzt nur, wie ich mich benehmen soll, wenn Frau Haller mich wie ihren Schnucki auf den Schoß nimmt." Ahmet beugte sich dann zu Frau Haller und küßte sie auf die rechte Backe. Frau Haller wußte nicht wie ihr geschah, bis ich alles übersetzte. Dieser Backenkuß war ihr nicht recht. Sie machte den Mund auf, sagte aber nichts. Dann standen alle Türken nacheinander auf, kamen zu Frau Haller, beugten sich hin, berührten mit den Lippen ihren Handrücken, hoben die Hand auf ihre Stirnhöhe, legten den Handrücken für kurze Zeit auf ihre Stirn und legten die Hand wieder respektvoll auf den Tisch. Nachdem der letzte Türke die Hand geküßt hatte, sprach Ahmet:

„Meine lieben Brüder und Freunde, dieser Aufstieg muß gefeiert werden. Es koste mich, was es wolle. Ich trinke auf das Wohl aller Hunde der Welt, besonders auf das Wohl der Hunde in Deutschland. Dreimal hoch, es leben die Hunde, es leben die Hunde, es leben die Hunde.“

Mensch, war das ein tolles Fest.

Wohnungssuche

Ich mußte die Wohnung wechseln, nicht deswegen, weil unsere Wohnung uns zu eng wurde, oder weil wir mit unserem Hausbesitzer Krach gehabt hätten, sondern nur, weil unsere Vermieterin ein Kind bekommen hat. Sie kam zu uns und sagte kurz, sie brauche die Wohnung für ihr Kind, damit es in Ruhe aufwachsen kann. Mein Freund Karl im Betrieb behauptete, das wäre kein Kündigungsgrund, ich dürfe in der Wohnung bleiben, bis das Kind volljährig wird, dazu braucht das Kind noch 17 Jahre, 11 Monate und 14 Tage. Ich will aber mit keinem einzigen Deutschen Krach haben.

Ich habe auch gleich das getan, was die Deutschen bei der Wohnungssuche als erstes tun; ein Inserat aufgeben in einer deutschen Zeitung. Ich bat meinen Freund Karl im Betrieb, daß er ein eindrucksvolles Inserat für mich formuliert. Das tat er in einer Ecke, wo wir von den anderen Deutschen im Betrieb nicht gesehen werden konnten. Das Inserat lautet: „Solide türkische Familie sucht Wohnung. Vater ist kein Raucher, Kinder auch noch nicht. Drei Kinder, 10, 7, 5 Jahre alt."

Auf dieses Inserat bekam ich keine Antwort. Mein Freund Karl im Betrieb – ich sage immer mein Freund Karl im Betrieb, weil wir uns noch nie außerhalb des Betriebs getroffen haben, Karl hat dafür keine Zeit, – meint, es herrsche Ausländerfeindlichkeit in der BRD, besonders Türkenfeindlichkeit, deshalb bekäme ich keine Antwort.

Ich bat meinen Freund Karl im Betrieb, als wir mal zusammen im Klo waren und er rauchte, daß er sich jeden Tag umhören solle, ob irgendwo eine Wohnung frei ist. Am nächsten Tag kann er mir wieder im Klo, wenn kein anderer Deutscher dabei ist, Bescheid sagen, oder kann mir ins Ohr flüstern, wie er mit mir immer zu reden pflegte, damit die anderen Deutschen nichts mitbekommen.

Die erste Wohnung, über die ich im Klo von meinem Freund Karl im Betrieb hörte, war achtzehn Kilometer entfernt von meiner Arbeitsstelle. Obwohl ich keinen Führerschein habe, und die Busverbindung zwischen dem Dorf und der Stadt nicht besonders gut ist, wollte ich mir diese Wohnung nicht entgehen lassen.

Der Wohnungsbesitzer war ein netter Bauer, der mich gleich in sein Wohnzimmer einlud und mir Most anbot. Ich zögerte und fragte ihn, ob der Most Alkohol enthalte. Daraufhin schaute er mich unfreundlich an und zischelte: „Most ist Most, mehr nicht." Ich lehnte sein Angebot freundlich ab und bat ihn, mir die Wohnung zu zeigen. Er blieb ruhig sitzen und sagte: „Ich bin keiner von denen, die Ausländer hassen. Ich habe nichts gegen Türken. Aber wenn einer meinen Most nicht trinkt, bekommt er auch keine Wohnung von mir." Mit der Hand zeigte er auf die Tür.

Die zweite Wohnung, von der mir mein Freund Karl im Betrieb heimlich erzählte, war in der Stadtmitte. Für meine finanziellen Verhältnisse war die Miete viel zu hoch, aber ich mußte unbedingt eine andere Wohnung finden, damit das Kind meiner Vermieterin so schnell wie möglich in meine jetztige umziehen konnte, mit Wiege und Milchflasche.

Die Wohnung gehörte einer Frau in mittleren Jahren, so um die vierzig. Sie hörte mich sehr aufmerksam an, zeigte

Verständnis für meine Probleme und sagte: „Kommen Sie morgen mit Ihrer Frau nochmals vorbei, damit wir die Sache erledigen können."

In der Nacht redeten meine Frau und ich über unsere neue Wohnung, über das Umziehen, über das, was es uns kosten würde. Ich wollte sofort meine türkischen Freunde und Bekannten anrufen, um sie zu bitten, mir beim Umziehen zu helfen, und auch, um ein bißchen damit anzugeben, daß ich in der Stadtmitte eine Wohnung gefunden hätte. Meine Frau untersagte es mir. „Warte ab," sgte sie, „warte ab, wenn alles klar ist, kannst Du Deine Freunde anrufen, sie laufen ja nicht weg." Das war gut so.

Am nächsten Tag ging ich mit meiner Frau zu der Vermieterin. Meine Frau zog sich ihr bestes Kopftuch an, frisch gewaschen und gebügelt, mit bunten Blumen. Als die Dame meine Frau mit ihrem Kopftuch sah, wurde sie plötzlich todtraurig und schluchzte: „Ich habe nichts gegen die Türken. Aber Frauen mit Kopftüchern kann ich nicht leiden, weil die Frau, die mir meinen Mann weggenommen hat, auch manchmal ein Kopftuch trug, wenn es regnete oder schneite. Wenn ich Ihnen meine Wohnung vermiete und Ihrer Frau täglich begegne, was unvermeidlich ist, werde ich an diese unverschämte Frau erinnert. Nein, das kann ich nicht ertragen. Der Arzt hat mir verboten, mich aufzuregen."

Um Gottes Willen, wir wollten nicht der Grund sein, daß eine deutsche Frau stirbt. Ich möchte mit meinem Gewissen in Frieden leben.

Von der dritten Wohnung erzählte mein Freund Karl mir vor dem Betriebstor, als wir nach Hause gingen. Ich ging aber nicht nach Hause, sondern direkt zu der Adresse, die er mir gegeben hatte.

Es hätte bei diesem dritten Versuch geklappt, wenn ich tagtäglich meine Zähne putzen würde. Die Wohnung gehörte einem Zahnarzt, der mir durchaus ausländerfreundlich vorkam. Als alles unter Dach und Fach war, nur unsere Unterschriften noch fehlten auf dem Vertrag, sagte der Zahnarzt: „Machen Sie mal Ihren Mund auf." Ich dachte, er will mein Alter nach meinen Zähnen schätzen. Ich ließ meinen Mund lange auf, damit er genug Zeit hatte zum Schätzen. Er schaute meine Zähne an, kontrollierte sie einzeln, und sagte dann: „Tja, verstehen Sie mich jetzt nicht falsch, ich habe nichts gegen Türken. Ich habe sogar einige türkische Patienten, von denen ich sehr begeistert bin. Sie kommen pünktlich in die Praxis, sie sind sehr leise, und sie befolgen immer meinen Rat. Sie möchten zwar unbedingt alle Goldzähne, aber daran habe ich mich gewöhnt. Die Wohnung kann ich Ihnen allerdings nicht vermieten, weil Sie sehr schmutzige Zähne haben. Stellen Sie sich mal vor, meine Nachbarn oder einer meiner Patienten sieht Sie in meinem Haus. Mit Recht werden sie sich überlegen, ob sie noch einmal zu mir kommen sollen, zu einem Zahnarzt, der nicht einmal die Zähne seines Mieters in Ordnung bringen kann. Es wäre sehr schlechte Werbung für mich; das kann ich mir mit bestem Willen nicht leisten. Es tut mir schrecklich leid."

Wenn man in dieser Stadt eine Wohnung haben will, muß man so zäh wie Elefantenhaut und so geduldig wie ein Türke in Deutschland sein. Zäh bin ich, seit zehn Jahren bin ich in Deutschland, weder habe ich Magenschmerzen noch Migräne.

Mein Freund Karl im Betrieb brachte mir eine neue Nachricht, die er mir während der Mittagspause zuflüsterte. Die Wohnung einer alten Dame sei frei.

Sie war reizend, freundlich. Bevor wir über die Wohnung

redeten, unterhielten wir uns ausführlich über andere Dinge. Warum wir unseren Pascha nicht mitgebracht haben, wollte die Dame von uns wissen. Ich sagte, unser Pascha, der Kanarienvogel, hat keine großen Ansprüche in Wohnfragen. Das ist gut, daß auch der Türke einen Vogel hat, sagte sie. Ich weiß immer noch nicht, was sie damit gemeint hat.

Die Dame zeigte uns die Zimmer, gab Ratschläge, aus welchem Raum das Elternschlafzimmer – und aus welchem das Kinderzimmer gemacht werden könnte. Nein, sie wollte sich nicht in unsere persönlichen Angelegenheiten einmischen, es sei natürlich uns überlassen; wir können aus jenem Raum Wohnzimmer oder Schlafzimmer machen. Sie wollte auch wissen, ob wir aus Konstantinopel kämen oder aus Smyrna oder aus Dardanella. Ich komme aus Samsun, die drei Städte liegen nicht in der Türkei, sagte ich. Doch, doch, erwiderte sie, diese alten griechischen Städte liegen schon in der Türkei. Ja, dagegen kann man nichts machen, wenn die Deutschen über die Türkei und über die Türken was wissen, dann wissen sie mehr als die Türken selbst.

Dann wurde sie noch höflicher, mit einer sanften Stimme wollte sie von mir wissen, ob ein Mitglied der Familie Schlafwandler ist. Ich verstand die Frage nicht, meine Nummer eins übersetzte mir. Ich verneinte. Sie war beruhigt, wir auch. Jetzt steht nichts mehr im Wege, dachte ich. Wie ist es mit Blasenbeschwerden in der Familie? Scheiße. Mit dieser Frage hatte sie uns erwischt, weil meine Nummer zwei, seit sie in der BRD ist, tückische Blasenbeschwerden hat, die nicht zu behandeln sind. Wir waren bei vielen Ärzten, sie untersuchten das Mädchen von Kopf bis Fuß, fanden nichts. Uns sagten sie, das Mädchen hätte etwas Seelisches. Ich kann mir nicht vorstellen, was es sein könnte, da meine Nummer zwei alles bekommt, was sie sich wünscht. Das arme Mädchen muß jede Nacht bis zu zehnmal aufstehen. Diese Tatsache konnte und durfte ich vor der Dame nicht verbergen. Ich antwortete also wahrheitsgemäß.

„Schauen Sie, ich habe nichts gegen Türken. Ich mag sogar die Bilder der türkischen Moscheen mit ihren schlanken Minaretten. Ich habe mal ein Bild der Blauen Moschee in Konstantinopel gesehen. So was Schönes."

Dann erzählte sie uns sehr ausführlich, wie schlecht sie schlafe. Wenn meine Nummer zwei ihrer Blasenbeschwerden wegen öfters aufstehen und aufs Klo gehen müsse, und das, was sie hinauslasse, mit Wasser spüle, so werde die alte Dame geweckt. Sie wisse, daß die Türken nicht weniger sauber seien als die Deutschen. Aber tagsüber könne sie auch nicht schlafen, weil die Kinder der Nachbarn mehr als genug Krach machten. Sie sei eine alte Frau, die wenigstens in der Nacht ihre Ruhe haben müsse.

Welche Argumente kann man dagegen bringen? Keine.

Die Inserate in den Zeitungen gaben wir weiterhin auf. Bei den Maklern waren wir auch. Ein netter Makler, dessen Vater zwischen 1933 – 45 als Asylant in der Türkei gelebt hatte, klärte mich auf, daß man als Türke durch den Makler keine Wohnung bekommt, weil alle Makler, er ist eine Ausnahme, türkenfeindlich eingestellt sind. Die Vermieter hingegen nicht. Am besten geht man persönlich zu dem Vermieter hin und redet mit ihm darüber; er schaut einen intensiv an, berechnet deine Zahlungsfähigkeit nach deinem Aussehen, bei den Ausländern nach der Nationalität. Der Ausnahme-Makler fügte noch hinzu, daß ich besser in meinem Festanzug zu dem Vermieter gehen soll. Das mache einen guten Eindruck.

Wir kauften uns alle neue Kleider, unsere Unterwäsche erneuerten wir auch. Man weiß nie, was der Vermieter sehen will. So ging die ganze Familie zum fünften Mal los, frisch gebadet, festlich angezogen. Wir fühlten uns unterwegs sehr wohl, und wir waren fest davon überzeugt, daß wir dieses Mal bestimmt eine Wohnung bekämen. Es fehlte uns nichts.

Der fünfte Vermieter war ein Urschwabe. Er führte uns erst einmal durch seine eigene Wohnung, erzählte uns, was das Schlafzimmer ihn gekostet hat, was er für die Sitzelemente bezahlt hat, wo was am billigsten gekauft wird. Er sprach schwäbisch, was ich ganz leicht verstand. Mit Deutsch habe ich Schwierigkeiten, aber mit Schwäbisch nicht, weil ich die ganze Zeit im Schwabenland gelebt habe. Nach der Besichtigung seiner eigenen Wohnung gingen wir hinaus. Er bat uns nicht in sein Wohnzimmer, sondern wir blieben draußen.

Er schaute uns dann und wann kritisch an, sprach ständig, aber nur über das Geld, das er in seine Wohnung investiert hatte, überhaupt in seinem Haus. Er rechnete uns vor, nach wie vielen Jahren sein Haus ihm Reingewinn bringt. Am Ende des Gesprächs fragte er uns, ob wir immer so viel Geld für die Kleider ausgeben. Wir wollten einen guten Eindruck auf ihn machen, also beantworteten wir die Frage im Chor und aus vollem Halse mit Ja.

„So, so. Sie geben viel Geld aus für Kleider. Das geht mich an sich nichts an. Das Geld verdienen Sie, nicht ich. Glauben Sie mir, ich habe nichts gegen Türken, wohl aber gegen Leute, die für Kleider so viel Geld ausgeben. Solche Leute kann ich zum Verrecken nicht leiden. Ich bin kein Rassist, ich bin Schwabe. Aber ich kann meine Wohnung nicht dem vermieten, der sein Geld zum Fenster rausschmeißt. Verstehen Sie mich?"

Wir haben ihn verstanden.

Leider haben wir bis heute keine Wohnung gefunden, aber wir sind ganz sicher, daß die Deutschen nette Leute und sehr feinfühlig sind. Sie werden uns irgendwann eine Wohnung geben, wenn nicht in diesem Jahrhundert, dann eben im nächsten.

Wir werden das Knoblauchkind schon schaukeln

Wer behauptet, daß die Deutschen sich um die Probleme der Gastarbeiter nicht kümmern, der soll mich mal. Der ist entweder ein geborener Oppositioneller, oder noch schlimmer, ein Unruhestifter, der nichts anderes im Kopf hat, als die Störung des bisherigen friedlichen Zusammenlebens zwischen Gastarbeitern und Hausherren. Die kapieren nicht, oder wollen nicht kapieren, daß ein Hausherr schon seine Rechte haben soll, denn er hat ja auch die Verantwortung.

Zum Glück denken wir nicht alle so wie diese Unruhestifter. Warum sollten wir auch? Wir haben keinen Grund dafür. Wir verdienen ein Schweinegeld in der BRD. Wir genießen das Leben in einem zivilisierten, demokratischen Land, wir können und dürfen auch die beeindruckende, glorreiche, große, schöne deutsche Kultur genießen. Ganz abgesehen davon, die Gastarbeiter haben beinahe gleiche Rechte wie die Hausherren.

Könnte einer von diesen Unruhestiftern mir sagen, daß er mal, als er durch die Wiese an der Donau in Ulm oder irgendwo anders spazieren gehen wollte, von einem deutschen Polizisten daran gehindert wurde, oder daß er, als er seine Autosteuer zahlen wollte, vom Finanzamt abgelehnt wurde, oder daß er von einem Verkäufer eines großen Kaufhauses zurückgeschickt wurde, bloß weil er ein Gastarbeiter ist. Nein, das kann er mir nicht erzählen. Höchstens kann er als südländischer Unruhestifter behaupten, daß er bei der Ausländerbehörde vielleicht mal

Schwierigkeiten bekommen haben könnte, ich bitte Sie, nicht hat, sondern bekommen haben könnte, denn jeder, Freund oder Feind, weiß, daß wir, die Südländer, ohne Ausnahme eine grenzenlose Phantasie haben und übertreiben. Wir sind viel sensibler als unsere deutschen Hausherren, und wir denken immer nur mit unserem Herz.

Ich bin auch ein Ausländer und somit eine Ausnahme, weil ich mir Mühe gebe, objektiv zu denken, oder sagen wir mal offen, mit dem Kopf zu denken. Wir haben weniger Probleme, als die Hausherren mit uns haben. Diese Meinung habe ich vertreten, seit ich in Deutschland bin, also, seit ich mit dem Kopf denken gelernt habe. Besonders, nachdem ich an einer Tagung teilgenommen habe, ist es mir klarer und bewußter geworden. Ich habe da sicher recht.

Diese Tagung hatte einen wunderbaren Titel: „Tagung zur Problematik der türkischen Werktouristen". Nicht wie immer diese erniedrigende Art Fremdarbeiter oder scheinheilig herabsetzend Gastarbeiter, von Ausländer ganz zu schweigen.

Jeder weiß, die Deutschen sind organisationsfähig, was heißt fähig, enorm talentiert sind sie. Ich glaube, im Jenseits wird ein Deutscher der erste Helfer Gottes sein, weil der liebe Gott mit so vielen Menschen nicht besser umgehen kann wie ein Deutscher. Aber ich möchte den Deutschen keine unrechten Komplimente machen. Die Welt kennt sie doch.

Diese Tagung wurde von einer Initiativgruppe veranstaltet. Die Mitglieder dieser Initiativgruppe waren alle Türkei- und Türkenkenner. Frau Müller, die Gruppenleiterin, war viermal in der Türkei, und in der Baufirma von ihrem Mann arbeiten viele Türken. Frau Schulz ist pensionierte Lehrerin; bis vor einem Jahr hatte sie in ihrer Klasse über zehn

Knoblauchkinder. (Das ist nicht mein Ausdruck, sondern der von Frau Schulz speziell für die türkischen Kinder.) Die liebenswürdige, barmherzige Schwester Agathe war dreimal am Grab der Mutter Maria in Ephesus und fünfmal in der Hagia Sophia. Frau Schenk war sogar ein Jahr in Istanbul, wo ihr Mann eine deutsche Firma geleitet hat. Es ist ein angenehmes Gefühl, als Türke in einer solchen Gesellschaft von Türkeikennern sein zu dürfen. Endlich mal, habe ich mir gesagt, hast du es mit den Türkei- und Türkenkennern zu tun. Sagen Sie bloß nicht, Türkeikenner seien nicht nötig. Ich habe vielen Deutschen zuerst klarmachen müssen, wo die Türkei überhaupt liegt. Von einigen Deutschen habe ich mir sagen lassen, daß die Türkei in der Nähe von Mekka liegt, deshalb dürften die Türken auch vier Frauen haben. Andere glaubten, daß die Türkei der zweiundfünfzigste Bundesstaat der United States of America ist, und darum mit Alaska eine gemeinsame Grenze haben muß.

Die Tagungsteilnehmer waren, wie gesagt, auch alle Türkei- und Türkenkenner. Sie waren vierzig, mit mir einundvierzig. Es wurde mir höflich beigebracht, falls eine Abstimmung nötig sein sollte, dürfte ich nicht mit abstimmen, da ich ja Türke sei, folglich nicht genug objektiv sein könne. Ach, dieses deutsche Organisationsgenie; bis ins kleinste Detail denken, nichts dem Zufall überlassen. Das ist wunderbar, wenn man im vornherein weiß, was man machen darf und was nicht. Das gibt dem Menschen Sicherheit.

Die Tagung wurde von dem untersten Staatssekretär des Sozialministeriums eröffnet:

„Meine Damen und Herren, ich begrüße Sie auch im Namen des Herrn Ministers herzlich und bedanke mich, daß Sie Ihren Sonntag für unsere türkischen Werktouristen geopfert haben und hierher gekommen sind. Wir hoffen, daß durch diese hervorragend vorbereitete Tagung über die Probleme der Gastarbeiter und insbesondere über die Probleme mit den Gastarbeitern einige Klarheit geschaffen wird. Vom Sozialministerium aus sind wir bereit, Ihnen zu helfen, sei es materiell, sei es psychisch. Der Herr Minister wollte selbst kommen, aber leider konnte er nicht. Ich habe auch einen Türkei- und Türkenkenner mitgebracht, der Ihnen jederzeit zur Verfügung steht. Auch dieser staatliche Experte hat mit den Türken direkt zu tun wie Sie, er wohnt sogar mit den Türken zusammen. In seinem Sechs-Familien-Haus wohnen zwölf türkische Familien, oder besser gesagt, bis gestern waren es noch zwölf. Sie wissen ja, wie die Türken wohnen: Wenn ein Türke eine Wohnung bekommt, zieht er noch eine andere türkische Familie mit sich. Ich begrüße Sie nochmals herzlich und wünsche Ihnen Erfolg."

Dann kam Frau Müller mit langsamen, kräftigen und stolzen Schritten auf das Rednerpult. Sie roch nach Autorität. Ob es an der üppigen Büste lag, die allen ihren Handlungen Gewicht verlieh, oder an den meerblauen Augen. Sie sprach langsam und befehlend:

„Meine sehr geehrten Damen und Herren, ich danke Ihnen, daß Sie hierher gekommen sind. Ich möchte mich kurz fassen. Wir haben diese Initiativgruppe gebildet, um den in unserem Land arbeitenden und ab und zu lebenden türkischen Gastarbeitern – äh, Entschuldigung, Werktouristen zu helfen. Ich muß es gestehen, trotz einjährigem Bestehen unserer Initiativgruppe konnten wir unser Ziel nicht erreichen, denn obwohl wir in den deutschen Zeitungen zehnmal Anzeigen gebracht haben, ist noch kein einziger Türke zu uns gekommen, um Hilfe zu erbitten. Das ist natürlich bedauerlich. Die Türken benehmen sich so, als bräuchten sie keine Hilfe. Aber das darf uns nicht abschrecken. Wir haben unseren ersten Erfolg schon gebucht, nämlich einen Türken als Freund gewonnen. Er spricht fließend Deutsch und hat sich bereit erklärt, von unserer Hilfsbereitschaft Gebrauch zu machen. Herr Dikmen, stehen Sie bitte auf, die Damen und Herren wollen Sie bestimmt kennenlernen."

Sie meinte mich, ich war sehr erfreut. Wie konnte ich denn nicht aufstehen? Ihr Ton war noch bestimmter als der meines Oberstleutnants in der türkischen Armee. Sie hat mich noch dazu als Freund so bestimmt angesprochen. Ich bin mit rotem Gesicht aufgestanden. Ich habe selbst nicht gehört, was ich gesagt habe. Bis sie mir wieder einen anderen Befehl gegeben hat, bin ich stehengeblieben, „Danke Ihnen Herr Dikmen, Sie können sich wieder hinsetzen." Dann fuhr sie fort:

„In der Firma meines Mannes arbeiten fünfzig Türken. Ich habe unser Ziel da, in der Firma, bekanntgemacht. Ich habe jedem gesagt: ‚Du Probleme haben, zu mir kommen, verstehen?' Zwei Türken sind zu mir gekommen, und haben gesagt: ‚Wir viel zahlen in Deiner Mann's Wohnheim, Du sagen Dein Mann, wir wenig zahlen.' Stellen Sie sich mal vor, meine sehr geehrten Damen und Herren. Es ist ja nicht ganz leicht meinem Mann zu sagen, die türkischen Arbeiter wollen weniger zahlen! Wir sind doch emanzipierte Eheleute, wie kann ich mich denn wegen dieser geschäftlichen Routinesache in die Angelegenheiten meines Mannes so einfach einmischen? Diese etwas naive Bitte der türkischen Arbeiter habe ich natürlich in unserer Gruppe auch zur Sprache gebracht. Alle fanden, man solle das zuerst ganz unparteiisch diskutieren, ehe man allzu überstürzt Konsequenzen zieht.

Wenn diese Türken zu mir mit der Bitte gekommen wären: ‚Frau Müller, wir sind ein kulturloses Volk, wir haben keinen Beethoven, keinen Bach, keinen Goethe, keinen Schiller, keinen Mörike, wir wollen sie aber alle kennenlernen. Dann hätten wir als Initiativgruppe die Wände des Kultusministeriums, des Germanistikinstituts und des Sozialministeriums eingerissen und materielle Abhilfe geschaffen. Meiner Meinung nach, meine Damen und Herren, ist es unser Problem, daß besonders türkische Gastarbeiter – äh, Werktouristen von der Kultur nicht allzu stark geprägt sind. Unsere heutige Tagung soll Wege aufzeigen, wie wir als ein im vollen Genuß aller kulturellen Güter stehendes Volk den Türken helfen können. Ich danke nochmals und bitte Frau Schulz auf das Rednerpult."

Es stimmte, was Frau Müller gesagt hat, sie war echte Türkei- und Türkenkennerin. Ich habe mich geschämt für meine Landsleute. Ein paar Idioten unter uns lesen Böll, Lenz, Grass, aber wen lesen sie sonst? Haben wir einen Beethoven? Nein. Haben wir einen Goethe? Nein. Haben wir einen Mörike? Nein, nein, nein. Die Deutschen haben es wirklich schwer mit uns. Bis wir hier integriert werden und alle Beethoven hören, Goethe lesen, „Mein Kampf" studieren, dauert es hundert Jahre. Das werde ich persönlich bestimmt nicht erleben.

Frau Schulz hatte eine komisch klingende Stimme, so wie ein Rabe, dagegen ein sympathisches Gesicht. Sie lachte ununterbrochen. Sie sprach über türkische Kinder in der deutschen Schule. Ich habe dadurch vieles gelernt, obwohl meine Kinder auch in die deutsche Schule gegangen sind.

„Ich war bis letztes Jahr Lehrerin in einer Grundschule, meine Damen und Herren. Ich habe insbesondere in der letzten Zeit meiner Berufstätigkeit viele ausländische Kinder gehabt. Ich habe mich auf türkische Kinder spezialisiert. Am Anfang hatte ich Schwierigkeiten, ich war für türkische Kinder zu duldsam, aber das sind sie nicht gewöhnt, das irritiert sie. Damit sie nicht das Gefühl bekommen, daß sie in der Klasse diskriminiert werden, habe ich sie immer wie Erwachsene mit „Sie“ angeredet. Als ich gemerkt habe, daß die türkischen Kinder auf die Verhaltensweisen unserer Kinder negativ wirken, habe ich mich sofort umgestellt. Die türkischen Kinder brauchen einfach Bestimmtheit, um nicht zu sagen Strenge, da sie demokratische Erziehung einfach nicht gewöhnt sind. Bevor die türkischen Kinder in meine Klasse kamen, sind in der Klasse ganz, aber ganz selten unanständige Wörter von unseren Kindern gesprochen worden. Unsere Kinder haben diese Wörter von den türkischen Kindern leider schnell gelernt. Meine persönliche Erziehung macht es mir schwer, eines dieser Wörter vor Ihnen zu sagen, aber ein Beispiel muß ich hier wohl geben: ‚Armleuchter‘, haben sie gesagt, ‚Armleuch-ter!‘

In einigen Zeitungen steht, daß wir Lehrerinnen und Lehrer für die Ausländerkinder uns nicht die nötige Zeit nehmen. Das ist einfach Verleumdung. Als meine jüngste Tochter Geburtstag hatte, lud sie ein türkisches Mädchen zur Geburtstagsfeier ein. Was hat dieses Kind gemacht: Ohne Pause hat es Saft getrunken und Kuchen gegessen, so daß andere Freundinnen von meiner Tochter nichts zu essen und zu trinken bekommen haben. Und wir hätten natürlich die Verantwortung gehabt, wenn es sich den Magen verdorben hätte.

Die türkischen Kinder sind in ihrer Auffassungsgabe beschränkt, sie wollen und können nur bedingt Deutsch lernen. Ein türkisches Mädchen hat mir mal gesagt: ‚Warum Deutsch lernen? Wenn ich was brauche und nicht weiß, was es in deutsch heißt, dann zeige ich das mit dem Finger. Was ich nicht brauche, muß ich ja nicht wissen, was es in deutsch heißt!‘ Jeden Tag habe ich in der Klasse über Deutsche und Deutschland Schimpfwörter gehört. Sie leben hier, ihre Eltern verdienen in einem Monat mehr Geld als im ganzen

Jahr in ihrem eigenen Land, und dann schimpfen sie. Wegen der Berufszukunft der türkischen Kinder wird meiner Meinung nach oft etwas zuviel Wind gemacht. Wir haben in Deutschland fast eine Million ausländische Kinder, davon bestimmt dreihunderttausend türkische Kinder, also dieser Kinderreichtum, wissen Sie! Wenn alle ausländischen Kinder einen Beruf gelernt haben würden, dann kann gerade dies für sie Arbeitslosigkeit bedeuten, weil sie dann typische Ausländerjobs gar nicht mehr kriegen, weil sie gelernte Arbeitskräfte sind."

Frau Schulz hatte recht. Wir Ausländer sind nicht so manierlich wie die Deutschen. Wenn wir in Deutschland Gast sind, dann sollten wir uns auch wie ein Gast benehmen. Immer auf Wünsche eingehen, immer höflich.

Nach Frau Schulz kam Schwester Agathe. Sie sprach mit göttlicher Stimme, leise, eintönig, sanft, als ob sie vor ihrem göttlichen Gemahl stünde.

„Ich möchte hier nur das sagen, was mir vorgetragen wurde. In unserem Kindergarten haben wir mit den türkischen Kindern mehr Probleme als irgendwo sonst. Unsere Probleme fangen an, bevor diese Kinder in den Kartengarten kommen. Denn obwohl wir wegen dem so verbreiteten Mangel an Bereitschaft zu elterlichem Glück viele leere, unbesetzte Plätze haben, kommen sie nicht freiwillig in den Kindergarten. Deshalb appelliere ich im Namen unserer guten christlichen Sitten an die Zuständigen des Sozialministeriums, des Kultusministeriums und des Innenministeriums, daß die Kinder von Mohammedanern in einen katholischen, zumindest in einen christlichen Kindergarten gehen. Wenn die Eltern ihre Kinder zu schicken verweigern, dann könnte von unserer Seite doch die Aufenthaltsgenehmigung für diese Eltern in Frage gestellt werden. Wir müssen ja nicht aus lauter christlicher Nächstenliebe Christus dabei vergessen.

Im Kindergarten, wenn da Kinder von Mohammedanern drin sind, haben wir noch größere Probleme. Die Eltern von türkischen Kindern erwarten von uns – das verstehe ich nicht – daß wir im Kindergarten ihre Kinder vom Gottesdienst abhalten sollen. Aber das würde ja bedeuten, daß wir unseren eigenen Kindern dann auch keinen Gottesdienst anbieten können. Ich möchte ein bitteres Ereignis erzählen: Eines Tages kam zu mir ein Türke. Er sagte zu mir: ‚Gestern meine Tochter kommen und zu Hause Kreuz machen, schlecht, sehr schlecht.' Ja, nun, der Geist weht, wo er will. Sie verlangen von uns, daß wir dem mohammedanischen Glauben Achtung schenken sollen. Wir verlangen aber das Gleiche. Schließlich leben die Türken doch in einem christlichen Land. Von unserer Seite soll da kein Konflikt kommen. Aber wenn die Türken so sind, wie soll man da als bewußter Christ reagieren?"

Nach Schwester Agathe war Frau Schenk an der Reihe. Sie war eine hübsche Frau, sprach schnell, war schwer zu verstehen.

„Meine Damen und Herren, ich sehe den Unterschied deutlich zwischen Deutschen als Vertretern einer Kultur und den Türken. Ich war über ein Jahr in Istanbul. Damals hatte ich auch viele persönliche Probleme als Ausländerin in Istanbul. Denken Sie ja nicht, daß ein einziger Türke mir geholfen hat. Ich möchte über meine Istanbuler Zeit sprechen, damit meine Damen und Herren, Sie sich vorstellen können, wie schwierig es sein könnte, in Istanbul bzw. in der Türkei als Ausländerin zu leben.

Ich bin nach Istanbul geflogen mit der Vorstellung, daß Istanbul wärmer ist. Aber was ich in Istanbul füreinen Herbst und einen Winter erlebt habe, weiß ich selbst.

Obwohl wir in Deutschland 1,5 Millionen Türken haben, hat kein einziger von ihnen mich vorgewarnt, so habe ich im Dezember frieren müssen. Ich kannte mich in der Stadt nicht aus, wie konnte ich denn, das ist eine katastrophale Stadt. Niemand hat mir in den ersten Tagen geholfen. Erst nachdem ich mich in der Stadt ausgekannt habe, habe ich Besuch bekommen. Dann waren sie aber sehr aufdringlich. Es ist ja manchmal etwas schwierig; ohne vorherige Anmeldung stehen plötzlich sechs mollige Frauen mit ihren Männern vor der Tür und, wenn man selber eingeladen ist, wird einem ja pausenlos angeboten, wenn man sagte: Ich kann leider nichts mehr essen, dann sind sie beleidigt gewesen. Du hast bei der Frau Sowieso gegessen, bei uns willst Du nicht essen, weil Du uns nicht magst . . . Fünfzehn Kilo habe ich da zugenommen.

Nachdem ich und mein Mann nach Deutschland zurückgekommen sind, haben wir leider feststellen müssen, daß die Türken in der Türkei besser Deutsch gesprochen haben, als die in Deutschland. In der Türkei reden die Türken deutsch, aber in Deutschland türkisch. Das ist paradox, die Türken leben im Paradoxen. Noch ein Beispiel: Die Türken in der Türkei essen weniger Knoblauch, als die in Deutschland. Die Türken in Istanbul sind zwar ein bißchen aufdringlicher, aber immerhin gastfreundlicher als die in Deutschland. Wir sind seit drei Jahren wieder in Deutschland, bisher hat kein einziger Türke uns eingeladen, obwohl wir Türken gegenüber sehr positiv eingestellt sind.

Meine sehr geehrten Damen und Herren, ich bin fest davon überzeugt, daß wir mit den Türken hier mehr Probleme haben, als mit denen in Istanbul."

Hat Frau Schenk nicht recht? In Deutschland sind wir Türken unfreundlicher geworden. Das liegt nicht an den Deutschen, wie manche Unruhestifter behaupten, sondern an uns, jawohl an uns Türken selbst. Was hätten wir denn verloren, wenn jeder Türke seinen Arbeitskollegen oder seinen Nachbarn jede Woche mindestens dreimal zum Essen einladen könnte. Ich meine, wir hätten viel gewonnen: Dadurch hätten wir die Deutschen besser kennengelernt, von Deutschen hätten wir Manieren, Tischkultur und eine vorteilhaftere Mentalität kennengelernt.

Warum viele türkische Eltern wegen des Kindergartens so viel Lärm machen, sehe ich nicht ein. Kinder verstehen ja von Religion nichts, ob katholische oder mohammedanische Religion. Ob ein türkisches Kind ein Kreuz macht oder nicht, Hauptsache, daß wir uns hier integrieren können. Von den Deutschen bekommen wir dazu noch jede Möglichkeit. Da sind sie schon hilfsbereit. Doch. Was hat unser Prophet gesagt: „Wenn du da leben mußt, wo Leute leben, die auf dem einen Auge blind sind, mußt du beide Augen schließen." Doch wer befolgt das außer mir? Niemand, leider.

Nach diesen lehrreichen Vorträgen sind dann Arbeitsgruppen gebildet worden. Die sind alle zu dem gleichen Schluß gekommen, daß die Deutschen mit den Ausländern mehr Probleme haben als die Ausländer mit den Deutschen.

Am Ende hat dann auch noch Frau Müller als Initiativgruppenleiterin gesprochen:

„Wie wir hier alle erlebt und gesehen haben, meine Damen und Herren, wollen wir jedem türkischen Werktouristen helfen, wenn er sich bemüht, sich in Deutschland zu integrieren. Unsere Initiativgruppe muß noch mehr Öffentlichkeitsarbeit leisten. Nächste Woche soll in allen lokalen deutschen Zeitungen eine Anzeige kommen, daß wir den Türken helfen wollen. Was Schwester Agathe als Möglichkeit erwogen hat, nämlich, daß türkische Eltern, die ihre

Kinder nicht in den Kindergarten schicken wollen, nur bedingt Aufenthalts- und Arbeitsgenehmigung bekommen sollen, wurde abgelehnt. Wir dürfen auch nicht vergessen, daß der türkische Werktourist seinen festen Platz im wirtschaftlichen Leben in der Bundesrepublik hat. Auch sollten wir manchen Linkspolitikern und Unruhestiftern keine Argumente geben, daß die türkischen Werktouristen hier schlecht behandelt würden.

Was Frau Schenk gesagt hat, ihre unterschiedlichen Erfahrungen mit den Türken hier und in deren Heimat, kann stimmen. Aber wir müssen, da wir Europäer, Christen, Humanisten und zivilisierte Menschen sind, den Türken helfen. Ich möchte demnächst im Wohnheim der Firma meines Mannes ein Konzert veranstalten zur Integration der Türken. Wie wäre es, wenn wir mit dem türkischen Marsch von Wolfgang Amadeus Mozart anfangen."

Dieser Vorschlag von Frau Müller ist einstimmig, von mir auch, angenommen worden. Danach fuhr Frau Müller fort:

„Ich danke Ihnen, meine Damen und Herren, wir haben immer noch viele Probleme vor uns. Aber nur Mut, wir werden das Knoblauchkind schon schaukeln."

Vom gleichen Autor:

Şinasi Dikmen: Der andere Türke
– Satiren –
EXpress Edition, ISBN 3-88548-353-X

Weitere Veröffentlichungen in der Reihe Autoren*EXpress*

Kemal Kurt
Bilder einer Kindheit
– Erzählung –
120 Seiten, ISBN 3-88548-499-4

Kemal Kurt
Scheingedichte
– Gedichte –
96 Seiten, ISBN 3-88548-498-6

Levent Aktoprak
Ein Stein, der blühen kann
– Gedichte –
96 Seiten, ISBN 3-88548-352-1

Hasan Dewran
Entlang des Euphrat
– Gedichte –
a.d. Tk. v. Claudia Schöning-Kalender
98 Seiten, ISBN 3-88548-072-7

Edgar Plata
Kolibri
– Gedichte –
96 Seiten, ISBN 3-88548-497-8

Orhon Murat Arıburnu
Dieses Herz gehört euch!
– Gedichte –
a.d. Tk. v. Anke v. Kügelgen
96 Seiten, ISBN 3-88548-053-0

Katharina Billich
Die Tür zum Hof
– Erzählungen –
120 Seiten, ISBN 3-88548-405-6

Dragan Čuturić
Zerrissenes Leben
– Erzählungen –
121 Seiten, ISBN 3-88548-068-9

Dragan Čuturić
Noch eine Liebe
– Erzählungen –
110 Seiten, ISBN 3-88548-382-3

Hüday Ülker
Meyhane
– Zwei Erzählungen –
a.d. Tk. v. Abdülkadir Haas
110 Seiten, ISBN 3-88548-364-5

Osman Engin
Deutschling
– Satiren –
120 Seiten, ISBN 3-88548-363-7

Haldun Taner
Lachend sterben
– Erzählungen –
a.d. Tk. v. Cornelius Bischoff, Gisela Kraft
– Erzählungen –
96 Seiten, ISBN 3-88548-067-0

EXpress Edition GmbH, Ritterstr. 60 b,
1000 Berlin 61, Tel.: 030/251 11 36